달콤에
빠지마

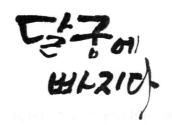

달궁에 빠지다

박일천 수필집

수필과비평사

참새 한 마리가 지저귀며 뜰안에 나무와 국화를 깨우고 아침
햇살을 불러온다. 서늘한 바람에 쪽빛 하늘이 들어오고 감나무에
가을이 묻어온다.

돌보지 않아도 피어난 풀꽃처럼, 이 가을엔 대지의 넉넉함에 고개
숙이는 겸허함을 내 안에 들여놓는다. 저만치 물러나 지나온 날을
더듬어 본다. 어릴 때 살던 동네의 풍경과 기억의 매듭을 풀어 그리
움을 담아냈다. 홀로 어렵사리 두 딸을 키우며 꿋꿋하게 살아온 어머
니와 외롭게 자란 유년의 나에게 보내는 치유의 글이다. 어릴 적
내 친구는 책이었다. 그 속에서 들여다본 더 넓은 세계를 찾아 다녔다.
그래서 역사, 아름다운 자연, 새로운 세상 이야기가 글의 소재가
되었다. 세상을 바라보는 시비지심是非之心은 사회현상에 대한 글을
쓰게 하였다. 체험을 연결고리로 하여 재미있는 이야기도 넣었다.
내 삶을 여러 색깔로 물들어 다양한 작품을 쓰려고 하였다.

인생의 가장 푸른 날은 지금 이 시간이다. 일상의 거미줄에서 빠져
나와 틈틈이 글을 쓰는 순간은 타임머신을 타고 과거와 현재를

넘나들며 생을 다시 조명하는 시간이다. 생각을 글로 옮기는 일은 메마른 땅에 묘목을 심고 가꾸는 것처럼 고단한 일이다. 힘들어도 삶의 흔적을 나이테처럼 켜켜이 새겨볼 일이다. 가치 있게 살고자 고민하는 만큼 생의 의미도 깊어져 간다. 과거 어느 순간을 떠올려 글을 짓는 것은 잃어버린 지난날을 되찾아, 밋밋한 일상에 윤기를 더해주는 한 줄기 솔바람 같은 것이 아닐까.

우리는 먼 길을 돌아 목적지로 갈 때가 있다. 구불구불 휘어진 그 길 위에서 보이지 않는 것을 보려는 상상력으로 멀리까지 가보는 것이다. 그 길에서 낡은 자신을 버리고, 새로운 나를 찾아 가는 여정이 진정한 나와 마주하는 시간이 되리라.

이 책이 나오기까지 애써주신 모든 분께 깊은 감사의 인사 올리며, 아울러 저의 글과 마주하는 독자 분들께도 고마움을 전한다.

2017년 가을에
박일천

■ 책머리에

2부

달궁에 빠지다

3부
인두

4부

아장사리

5부

복사꽃 필 무렵

6부

시간은 지우개

■ 작품세계

| 전정구(문학평론가 · 전북대학교명예교수)

1부
울지 않는 반딧불이

풀벌레들이 지상에서 시끄럽게 울 때
그는 조용히 세상을 빛으로 밝힌다.

숲에 물들다

시월의 끝자락에 운장산을 찾았다. 캠프장을 지나 임도로 발길을 옮겼다. 산에 나무를 관리하려고 낸 이 길은 언제나 한적하다. 길섶 억새에 미동도 없이 앉아 있는 잠자리 날개에 고요가 묻어난다. 산굽이를 돌아드니 등성이마다 가을을 그리고 있다. 능선과 능선 사이로 하늘이 청잣빛으로 말끔하다. 나는 느릿하게 그 속으로 걸어 들어간다.

산비탈로 단풍나무 붉게 물드는데 길가 생강나무 한 그루 저 홀로 말간 치자색이다. 여름엔 나뭇잎이 무성하여 길 위에선 계곡이 보이지 않았다. 이제 이파리 진 나무가 많아 골짜기가 훤히 보인다. 야트막한 곳에서는 물속의 모래와 돌멩이 색깔까지 보이고, 단풍은 물에 비치어 주홍빛으로 어른거린다. 햇살 오라기들은 나뭇잎을 한잎 두잎 색칠하여 골짜기를 가지각색으로 물들이고 있다. 하루 이틀에 이토록 화사한 단풍으로 단장하였을까. 고운 빛을 내려고 봄여름 내내 색깔을 입히고 또 덧칠하였으리라. 언 땅을 뚫고 나오는 연두의 고통과 따가운 햇볕을 지나온 초록의 땀방울로, 단풍은 온몸을 오색으로 물들여 농익은 가을 빛깔을 천지 사방에 흩뿌리고 있다.

오솔길을 따라 드문드문 연보랏빛으로 쑥부쟁이 꽃들이 하늘거린다. 계곡과 길 사이로 홀연히 널따란 숲이 나타났다. 떡갈나무, 굴참나무, 오동나무 등 수많은 나무가 빽빽이 들어차 있다. 능선을 지나는 햇빛의 퍼짐에 따라 나뭇잎들은 저마다의 색으로 일렁거린다. 갈맷빛 전나무와 칡넝쿨이 엉클어진 모습은 사람이 머물지 않은 원시림 같았다. 나도 숲에 물들어 자연 속으로 스며들었다.

숲길을 따라 한참을 걸어가자 잡초가 무성한 길가에 일자로 된 함석집 한 채 보인다. 창문마저 떨어져 나간 그 집은 사람이 떠난 지 얼마나 되었을까. 텃밭을 가꾸고 일가를 이루고 살았을 그 집엔 고향을 떠난 이들의 애환을 전해 주는 듯, 주홍 감 몇 개가 바람에 달랑거린다. 산모퉁이를 막 돌아드는 순간 나뭇잎들이 허공에서 나비 떼처럼 날아들었다. 수많은 이파리는 바람 따라 땅 위에서 뱅글뱅글 풍차를 돌린다. 남몰래 숨어다니다 순식간에 나타나 간신히 매달려 있는 나뭇잎들을 일순간에 흩날리는 야멸찬 바람. 우수수 떨어지는 단풍잎은 사람이 버리고 간 폐가처럼 나무에 버림받고 땅 위에 흩어진다. 떨어진 낙엽은 흙이 되어 새싹을 움 틔우는 자양분이 되리라.

폭포 소리가 쏴르르 귓가에 파고든다. 나무 사이로 두 개의 폭포가 보였다. 계곡으로 내려가 너럭바위에 앉았다. 길 위에서는 보이지 않던 작은 폭포들이 바위 틈새로 하얀 물방울을 튕기며 가을을 노래한다. 높은 나무 위 박새 소리, 나뭇잎을 옮겨 다니며 지저귀는 종조리 새소리가 쏴르르 흐르는 계곡 물소리와 하모니를 이루어 산상 음악회를 열고 있다. 재잘거리는 숲 속 소리에 젖어 단풍잎을 하릴없이 바라본다.

찬찬히 올려다보니 햇살에 투영된 나뭇잎에 구멍이 숭숭 뚫려 있다. 언뜻 보기엔 아리땁기만 한 단풍잎이 자세히 들여다보니 아픔이 많다. 괴로움 없는 생이 어디 있을까마는, 산속의 수많은 애벌레와 풀벌레에게 받은 상처로 난 구멍일 것이다. 하나둘 구멍이 늘어 날 때마다 고통으로 힘들었으련만. 나뭇잎은 기꺼이 이파리를 내어 주며 곤충들을 훨훨 날게 했으리. 또 다른 목숨에 기운을 불어넣어 주느라 자신은 상처 입고 야위어 간다.

단풍잎 구멍 사이로 푸른 하늘이 비친다. 그 구멍은 숲 속 생물을 살리느라 생긴 동그라미다. 몸집이 자그마한 우리 시어머니도 자식들 거두느라 온몸에 구멍이 생겼다. 새벽부터 일어나 텃밭으로 종종걸음치고 온종일 살림과 농사일에 매달리다 보면, 어느덧 플라타너스 잎새에 달이 걸렸다고 한다. 몇십 년을 자신은 돌보지 못하고 오롯이 자식과 고향을 지키며 살아온 어머니의 굽은 등. 이제 나이 들어 뼈에 구멍이 숭숭 뚫리는 관절염으로 내딛는 걸음마다 통증이 바람처럼 지나간다 했다. 무에 바람 든 듯 허약해진 어머니는 폐마저 구멍이 뚫려 폐암 수술을 하셨다. 긴 세월 삶에 절여져 온몸 여기저기 구멍 나는 줄도 모르고 살아온 시어머니를 생각하면 가슴이 시리다. 곡진한 어머니의 고생이 밑거름되어 자손들은 나날이 푸르러가건만, 구멍 뚫린 당신의 육신은 삭정이처럼 버스럭거린다. 하루가 다르게 야위어가는 어머니 모습은 숲 속의 구멍 난 단풍잎과 그 무엇이 다르리.

우리 모두 언젠가는 낙엽 되어 땅속에 스며들지니. 자연의 섭리가 대지 위에 새 생명을 피어나게 하려면 누군가의 희생이 필요하나 보다. 나뭇잎에 뚫린 구멍은 저 홀로 살지 아니하고 껴안고 견뎌낸 흔적이다. 숲은 이렇게 동식물이 어우러져 살아가기에 아름다운 단풍이 선물로 주어지는 것인지도 모른다.

저녁 해가 등성이로 미끄러지며 금빛으로 산마루를 칠해간다. 내려오는 길에 나무울타리에 묻혀 사람의 발길이 뜸한

소沼에 들렀다. 숲 속의 연못은 불쑥 찾아와 흙 묻은 발로 짓밟아도 말없이 나를 품어준다. 먼지에 찌들고 땀방울로 얼룩진 손을 씻어도 계곡물은 해맑게 나를 비춘다. 암반 사이로 흐르는 물은 티끌 하나 없이 맑다. 소는 담청색으로 더욱 깊어 보인다. 고즈넉이 앉아 말끄러미 물을 바라본다. 세사에 긁혀 움푹 파인 가슴에 푸릇한 물기가 차올라 마음이 청량해진다.

운장산에 들면 계곡 물소리는 귀를 맑게 씻어 주고, 나무를 담은 내 눈은 초록 바다가 된다. 세상의 소리 아득히 멀어지고 숲에 물들어 내 영혼마저 순연해진다. 새 한 마리 산등성이 노을빛을 물고 날아간다.

익어 간다는 것

　모퉁이를 돌아 뒤란으로 갔다. 뒷산 소나무에 바람이 걸렸는지 윙윙거린다. 마른 장작이 포개진 창고 앞 양지쪽에 옹기들이 올망졸망 엎드려 있다. 배불뚝이 장독 뚜껑을 열었다. 항아리 속이 어둑하다. 어둠이 출렁이는 독 안에 떠 있는 덩어리를 건져 올렸다. 네모난 얼굴이 쩍쩍 갈라지고 검버섯까지 피어 못생기기가 이루 말할 수 없다.

　항아리에서 메주를 꺼내 함지박에 담았다. 이제까지 시어머니가 담가준 장을 먹었다. 시집와서 처음으로 지난가을에 메주를 만들고 올봄에 된장을 담그게 되었다. 시어머니께서 편찮으셔 늦게나마 장 담그는 비법을 익히려 시골집에 왔다. 어머니는 된장

담그는 솜씨가 좋아 된장국을 끓이면 구수하고 깊은 맛이 배어 났다.

"어머니 된장은 정말로 맛있어요."

하는 말로 해마다 손도 대지 않고 그냥 얻어먹다가 내가 직접 된장을 담가보는 첫걸음마다. 조물조물 메주를 주무르는 내 행동이 어설픈지 시어머니 입가에 피식 웃음이 스쳐 간다. 일어 서서 허리를 굽히고 함지박에 그득한 메줏덩이를 치대야 하는데, 소꿉놀이하듯 세월아 네월아 조물락거리니 어이없었을 게다.

메주를 함지박에 치대어 놓고 항아리 안에 손가락을 넣어 장물을 찍어 맛보았다. 간간하지만 구수하여 감칠맛이 묻어난다. 작년 겨울 초입에 띄운 메주를 소금물에 넣고 바로 먹어볼 때는 짠맛만 났는데 고소한 맛이 혀끝에 젖어 든다. 아마도 옹기는 겨우내 햇볕을 댕겨 장을 우려냈나 보다. 어쩌면 어머니의 등에 걸린 고단함과 귀 빠진 항아리의 세월만큼 오묘한 장맛이 스며들었 는지도 모른다.

메주콩은 병아리처럼 노랗다. 생콩으로 있을 때는 비릿한 곡물에 불과하다. 그 콩이 메주가 되어 소금물이 담긴 항아리 에서 긴 시간 숙성되면 전혀 다른 성질의 된장으로 변한다. 익어 간다는 것은 제 모습을 탈바꿈하여 자신을 누군가에게 내어주는 것인지도 모른다.

지나간 초록의 날은 생의 더께를 겹겹이 껴입고 살았다. 일에 쫓겨 다니느라 무릎이 알알하고 삶의 보따리 실어 나르다 손이 아파 수술도 했다. 곰삭아야 젓갈이 맛나듯이 세월의 무게에 눌려 몸은 낡아가는데 이상하게 마음자리는 넉넉해져 간다. "우린 늙어가는 것이 아니라 조금씩 익어가는 겁니다." 친구가 보내준 카톡에서 흘러나오는 〈바램〉 노랫말처럼. 우리네 인생이 녹아난 유행가에 고개가 끄덕여진다. 이제 직장도 떠나고 아이들은 새둥지를 찾아갔다. 갑자기 시간이 파도처럼 밀려왔다. 세상의 끈에 매달려 흔들리던 하루가 오롯이 나의 시간으로 다가왔다. 성큼 다가온 시간이라는 씨줄에 하고 싶은 일을 날줄로 직조해 본다. 잃어버린 내 안의 꿈이 다시 꿈틀대며 잠자던 영혼에 날개를 달았나. 거울을 보면 푸석하던 얼굴에 윤기가 흐른다. 뇌 속의 뉴런(neurom)에 불이 켜지고 세로토닌(serotonin)이 흘러나와 행복 지수가 올라갔을까. 육신은 삭아갈지라도 마음은 영글어 간다. 콩이 발효되어 장이 되듯이 삶도 성숙하여 가는 것인가 보다.

젊은 날은 앞만 보고 다녔다. 이제는 길섶에 풀꽃도 보며 느릿 느릿 가야겠다. 작은 것에 귀 기울이며 마음의 울림을 가슴에 새기다 보면 나날이 풍성해지리라. 비록 나이 들어갈지라도 영혼의 맑은 샘물을 뿜어 올릴 수 있다면 인생을 아름답게 가꾸어 갈 것이다. 누군가를 위해 손을 내밀 때 마음이 넉넉해진다.

세월의 나이테가 굵어질수록 잘 숙성되어 사람들에게 향기로움을 나누어야 하리라. 그리하면 쓴맛을 내던 사람도 이웃과 더불어 달달한 맛이 스며나지 않을까.

항아리 속의 메주가 햇살과 바람과 어우러져 맛깔스러운 장으로 익어가듯이, 마음도 시간에 물들어 넉넉해져 가는 것이 아닐까. 언젠가 시골집 가마솥에 콩을 삶아 직접 메주를 만들고 장을 담가, 잘 익은 된장을 내 아는 사람들에게 보내고 싶다.

낮달

    겨우내 무심히 두었던 뜨락의 마른 잎을 긁어냈다. 낙엽을 모아 담장 옆에 부었다. 지난해 가지치기하고 담벼락에 쌓아 놓은 나뭇가지 사이로 언뜻 푸릇한 기운이 보인다. 나뭇더미를 헤쳐 보았다. 어둑한 공간에 초록이 웅크리고 있다. 나뭇가지를 들어 올리자 초록빛 줄기가 줄줄이 일어선다. 켜켜이 쌓인 나뭇단 속에서 가느다란 줄기가 벌떡 튀어 오르는 놀라운 생명력. 묵은 가지를 치우고 유심히 살펴보았다. 작년 봄에 시골에서 가져다 심은 황매화다.

    황매는 봄에 오렌지색 꽃을 송알송알 맺는 번식력이 강한 나무다. 실낱같은 줄기로 겨우내 나뭇더미를 등에 메고 당당히 살아남았다. 꼿꼿이 일어선 황매화가 가상하여 가지 하나하나를 어루만져 세웠다. 쌓아 둔 나뭇단에 눈길도 주지 않고 그대로 두었다면 어떻게 되었을까. 가냘픈 황매를 다시 한 번 쓸어주며 허리를 펴고 일어섰다. 감나무 사이로 낮달이 보인다. 그냥 보면 눈에 잘 띄지 않는 낮에 나온 반달이다.

낙엽을 치운 김에 호미와 꽃삽을 들고 마당을 돌았다. 소나무 아래 양지 녘엔 어느새 수선화 잎이 한 뼘쯤 쑤욱 올라와 있다. 꽃삽으로 수선화 근방을 도담도담 긁어 주며 북을 돋아주었다. 햇살을 좀 더 팽팽히 당기면 샛노란 수선화가 병아리처럼 종종거리며 나타날 듯하다. 지난가을에 씨를 뿌려 잎이 돋은 꽃양귀비를 덮고 있는 갈잎을 걷어냈다. '아휴, 이제야 숨을 쉬겠네.' 하고 중얼거리는 듯 이파리가 나풀거렸다. 앞집 그늘에 가려 한나절만 해가 드는 매화 두 그루도 꽃망울이 오동통 부풀어 금방이라도 매향을 마당에 퍼트릴 것 같다.

마당을 오락가락 낙엽을 치우고 잡풀을 긁어내며 수선을 피웠다. 우리 집 애완견 순둥이도 덩달아 화단을 뛰어다닌다. 갑자기 순둥이가 낑낑거려 고개를 돌려 보았다. 검은 고양이가 오색도화나무 옆 담장을 살금살금 기어간다. 가까이 다가가 눈이 마주치자 슬며시 물러난다. 동쪽 화단은 큰 바위가 높아 잘 가지 않는데 고양이가 나타나는 바람에 그곳에 올랐다. 주목 사이로 당단풍나무가 물색없이 길게 뻗었다. 햇볕을 향해 가지를 올리려고 안간힘을 쓰고 있다. 바람에 씨앗이 날아왔는지 심지도 않은 나무가 저 홀로 쑥쑥 자란다. 담장을 끼고 주목, 당단풍, 오색도화, 단감나무가 옹색하게 서 있다. 조금이라도 햇살을 더 받으려고 옆나무의 가지 사이로 끼어든다. 나무가 좋아 해마다 다양한 종을 심었다. 몸피가 점점 자라는 나무들은 한정된 공간에서 얼크렁설크렁 뒤엉켜 자라고 있다. 그들에게 왠지 미안한 생각이 들어 헝클어진 가지는 풀어주고 죽은 삭정이는 잘라냈다. 무작정 나무를 심기만 하는 욕심도 가지치기하여 마음 비우기를 해야 할 것 같다. 주목에 파묻혀 신음하고 있는 사철나무는 뽑아 대문 옆 능소화 곁에 옮겨 심었다. 이제 나무들이 조금이나마 어깨를 펴고 자랄 수 있으리라.

순둥이가 내 뒤를 따라 다니는 사이, 직박구리 새 한 마리 은근슬쩍 개밥그릇에 잰걸음으로 다가가 먹이 한 개 입에 물고 동백나무로 숨어든다. 동백나무 밑 돋을양지에 손톱보다 작은 연보라색 '봄까치꽃'이 피어 있다. 아직은 바람이 찬데 겨울을 뚫고 피어난 앙증맞은 보랏빛 꽃이 기특하여 한참을 들여다보았다. 희멀건 낮달만큼 돋보이지 않는 풀꽃이 소리 없이 봄을 깨우고 있다.

거무칙칙한 색깔로 겨우내 죽은 듯이 서 있는 나무들. 뿌리는 땅속 깊은 우물에서 두레박으로 물을 퍼 올려 나뭇가지에 물을 주나 보다. 겨울에도 끊임없이 물을 담아 올려 잔가지에 솜털 보송한 망울을 걸어 놓았다. 햇살 한 뼘씩 늘어날 때마다 꽃망울은 봉싯거리며 부풀어 오른다. 지표 아래서 생명줄을 풀어내느라 안간힘을 쓰는 뿌리보다 사람들은 꽃이나 열매를 눈여겨본다. 낮달과 같이 눈에 띄지 않게 흙 속에 묻혀서 물길을 이어주는 수고로움을 끝없이 하는 뿌리는, 어둠 속에서 힘겨운 일을 해내는 수많은 이들의 땀방울 같다. 늦은 밤 대문 앞 쓰레기를 치우러 오는 청소부와 골목마다 폐지를 주워 파는 노인들이 있어 깨끗한 거리를 걸을 수 있고, 씨 뿌리고 거둬들이는 농민과 잠을 한 자락 접고 새벽시장을 여는 사람들의 부지런함으로 싱그러운 밥상을 만날 수 있으리.

사회의 그늘에서 묵묵히 주어진 일을 해내는 사람들이 세상을 가꾸어 가는 것처럼, 뿌리의 지난한 사랑이 나무에 망울을 터뜨려 화사한 꽃들과 연두로 찬연한 봄을 온 누리에 퍼뜨리는지도 모른다. 햇빛에 밀려 희붐한 낮달이 구름에 묻혀 무심히 흘러 간다.

어둠에서 햇빛으로 끌어낸 황매화의 여린 가지가 바람도 없는데 흔들린다. 땅 밑에서 보이지 않는 생명력이 꼼지락대며 새움을 틔우느라 꿈틀거리고 있나 보다.

울지 않는 반딧불이

시골집 대문 안에 들어서자 텃밭에서 푸성귀를 솎아내던 시어머니께서 흙 묻은 손을 털고 일어서며 환한 얼굴로 우리를 맞이하신다. 가끔 다녀가는 자식들이 적적함을 밀어내는 말동무이리라. 이것저것 물어보며 세상 밖 이야기에 귀 기울이신다. 밭에서 솎은 어린 배추로 얼갈이김치를 담고 챙겨간 찬거리로 저녁밥을 지어 먹었다. 귀뚜라미 소리에 이끌려 그이와 함께 개울가로 나갔다.

동구 밖을 지나 갈대가 사운거리는 둑길을 따라 걸었다. 동산 너머로 열나흘 달이 얼굴을 내밀었다. 벼들이 그득 찬 들녘은 달빛에 젖어 희붐하다. 내 키보다 큰 갈대들은 냇둑 위에 그림자를 길게 늘이고 있다. 갈대밭 언저리로 작은 불빛 하나가 깜박거리다 사라진다. 잘못 보았을까. 내 눈을 의심하기도 전에 또 다른 등불이 환하게 내 곁으로 다가온다. '와아, 반딧불이다.' 파리한 불빛이 보일 듯 말 듯 여기저기 떠다닌다. 손으로 잡으려 발돋움해도 어느새 저만치 날아간다.

내 초록의 날에 잡으려면 날아가는 꿈처럼 반딧불이는 자꾸만 멀어져 갔다. 밤하늘에 등불을 켜고 날기 위하여, 반딧불이는 물속이나 땅 밑에서 일 년 가까이 애벌레로 살아간다.

대학을 졸업하고 반딧불이 애벌레처럼 움츠리며 지낸 적이 있다. 취직이 되지 않아 넓은 세상으로 나가는 꿈은 구겨진 일기장에서 졸고 있었다. 갈 곳이 없어 저녁나절에나 문틈으로 햇살한 자락 들이밀던 단칸방에서 시간에 거미줄을 치고 있었다. 빛의 건너편에서 누런 벽지에 그려진 문살 그림자를 세며 하루를 건너갔다. 피 끓는 젊음이 매일 일 없이 지낸다는 것은 견디기 어려운 고행이었다. 그보다 나를 더 힘들게 하는 건 부엌에서 밥을 지으시며

"저 하나 보고 애면글면 갈쳤구만. 허구한 날 방구석 신세라니……."

방문 틈으로 들려오는 어머니의 한숨 소리였다. 어렵사리 가르친 딸이 밥벌이도 못 하고 빈둥거릴 때 당신 속은 새까맣게 숯덩이가 되었으리라.

날마다 놀기도 민망하여 용돈이라도 벌려고 수예점 문을 두드려 수틀 속에 명주실로 동양자수를 놓아 갖다 주면, 손에 들어오는 것은 라면값 정도였다. 보기에 딱했던지 이웃집 아저씨가 일자리를 소개해 줘서 시오리를 걸어서 작은 사무실을 찾아갔다. 사장이라고 한 사람 덩그러니 앉아 있었다. 사정이 좋지 않으니 다음에 연락하겠다는 말을 듣고 나오는 내 등 뒤엔 서글픔이 매달렸다. 하릴없이 골목을 왔다 갔다 하는 내가 안쓰러웠는지, 동네 아줌마들이 아이들을 하나둘 보내줘 과외를 하며 백수 시절을 견뎌냈다.

요즈음 청년들도 일자리가 없어 아르바이트하고 도서관에서 밤낮없이 취업 준비하느라, 가로등 불빛을 세며 그림자처럼 살아간다고 한다. 얼마 전 지인 아들도 몇 년째 임용고시에 도전했는데, 또 떨어졌다는 말을 전하며 그녀는 눈시울이 붉어졌다. 낙담하는 그 모습에 오래전 방구석에서 뒤척이던 내가 떠올라 콧날이 시큰거렸다. 푸릇한 날에 햇빛 속에서 엽록소를 생성하지 못하고, 응달에서 누렇게 시들어가는 나뭇잎처럼. 청춘의 뒤안길에서 눅눅한 어둠 속을 느릿느릿 기어가는 나는 한 마리 애벌레에 불과했다.

검은 밤의 한가운데를 삼 년을 서성거리다가 드디어 조각방에서 벗어났다. 기다리던 발령을 받고 교단에 서게 되었다. 쉬는 시간이 아까울 정도로 열정을 다해 가르쳤다. 집에 가면 소꼴을 베느라 숙제할 시간이 없는 아이들이 교실에 남으면 같이 공부했다. 산 그림자가 유리창에 살금살금 걸어올 때까지 산골 아이들과 환경도 꾸미고 풍금 치며 노래도 불렀다. 간간이 간식거리를 챙겨주면 쑥스러워 머리를 긁적이던 순박한 산골 애들은 지금 어디서 무엇을 하고 있을까. 아마도 세상의 그늘에서 애벌레처럼 웅크리지 않았다면, 아이들을 향한 그 많은 정이 샘처럼 솟아 나오지 않았을지도 모른다. 반딧불이가 하늘에 오르는 날을 기다리며 암흑 속에서 등불을 준비하듯이. 오랜 기다림은 내 가슴에 끝없는 도전과 열정을 심어 주었다. 시간의 나이테가 켜켜이 쌓여가도 무언가 끊임없이 배우고 새로움을 찾아 떠난다. 덧없이 흘러간 초록의 날을 되찾아 오려는 듯이.

개울가로 불빛 하나 호로록 날아간다. 갈대밭 곳곳에 파리한 불빛이 도깨비불처럼 나타났다가 가뭇없이 사라진다. 반딧불이가 등불을 어디에 매달고 다닐까. 어릴 적 호기심이 발동하여 허공에 팔을 휘저었다. '나 잡아 봐라.' 약을 올리듯 불빛은 멀어져갔다. 가까스로 한 마리를 손안에 넣었다. 반딧불이를 조심스레 땅 위에 내려놓고 스마트폰 불빛에 비춰 보았다. 죽은 척하고 검은색 벌레는 가만히 있었다. 뒤집어서 불빛이 어디서 나오는지 살펴보았다. 머리에서 빛이 나오리라 생각했는데 검붉은 배아래 쪽에 담황색 야광등을 달고 있었다. 몸길이는 새끼손가락 한 마디쯤

될까. 그 작은 몸에 발광체를 달고 날아올라 밤하늘에 빛을 뿌리다니 경이로웠다. 반딧불이를 살며시 집어 날려 보냈다. 푸르스름한 빛을 깜박이며 날아가다 고맙다는 듯, 급히 선회하여 머리 위에서 빙빙 돌다 사라졌다.

슬픈 발광發光이다. 반딧불이는 오랫동안 암흑 속에 머물다가 우화하여 불을 밝히고 날지만, 열흘 뒤면 풀숲 어딘가에 쓰러져 생의 종말을 맞으리라. 반딧불이는 다른 풀벌레처럼 울지 않는다. 울음이 아니라 등불을 켜기 위하여 이슬만 먹고 몸을 가볍게 한다. 자신을 비워 어둠을 뚫고 하늘을 비행한다. 풀벌레들이 지상에서 시끄럽게 울 때 그는 조용히 세상을 빛으로 밝힌다. 아무도 흉내 낼 수 없는 반딧불이의 초월적 힘이다.

흙탕물이 굽이치는 동안 말갛게 가라앉듯이, 이끼 낀 마음도 흐르는 세월에 닦여져 반딧불이가 먹는 이슬처럼 투명해질 수는 없을까. 비워진 가슴에 맑은 샘물이 고이면 사람들에게 좀 더 따뜻하게 다가갈 수 있으리. 반딧불이가 여느 풀벌레처럼 울지 않고 생의 마지막을 빛으로 밝히듯이, 내 삶의 끝자락도 환하게 사랑의 등불을 켜다가 스러졌으면.

반딧불이가 너울너울 포물선을 그리며 허공을 떠간다. 빛의 경계 너머에서 움츠리던 젊은 날의 꿈이, 깊어가는 내 생의 가을에 별이 되어 날아간다.

정의란 선택인가

얼마 전 〈히말라야〉 영화를 보았다. 히말라야 등정을 위해
산악인 엄홍길 대장은 신입 대원과 훈련을 한다. 무거운 짐을
지고 산을 오르내리며 극한 상황을 견뎌내는 정신무장부터 시키며
이야기는 펼쳐진다. 엄홍길(황정민)과 신입 대원 박무택(정우)은
히말라야 캉첸중가 정상을 오르다 눈사태에 밀려 바위 절벽에서
비바크*를 한다. 둘이는 잠들어 동사하지 않으려고 밤새 서로
깨우며 이야기하다 일출을 맞는다. 그들은 불굴의 의지로 정상에
올라 태극기를 꽂는다. 기상악화를 뚫고 꼭대기에 발을 디딘 둘은

---

* 비바크: 등산에서, 텐트를 치지 않고 바위나 언덕 자연물을 이용하여 하룻밤을
　　　　지내는 일.

깊은 우정을 느끼며 함께 히말라야의 다른 봉우리 세 개를 더 정복한다.

에베레스트 등정을 앞두고 엄홍길은 다리에 이상이 생겨 동행하지 못하고, 박무택이 대장이 되어 초모랑마 정상에 오른다. 하산 도중 8,750m지점에서 그는 설맹雪盲으로 앞이 보이지 않아 정민 대원만 내려보내고 혼자 고립된 채 밤을 지새운다. 정민도 탈진하여 캠프로 돌아가지 못한다. 캠프에 남은 동료 박정복은 곳곳에 구조를 요청하지만, 험악한 기상과 밤이라는 두 가지 악마를 이겨내는 것은 인간의 영역 밖이라고 아무도 응하지 않는다. 박정복은 혼자서라도 박무택을 구하러 칠흑 같은 에베레스트 산을 오른다. 이런 상황에서 나라면 어떻게 하였을까? 생과 사를 넘나들며 동고동락한 동료를 영하 30도의 날씨에 그냥 두자니 목숨을 잃을 게 뻔하고, 구조하러 가자니 자신의 생명도 담보해야 하는 극한 상황에서 어떤 선택을 할 것인지…….

먼동이 틀 무렵 드디어 박정복은 그를 만나 얼싸안고 눈물을 흘린다. 재회의 기쁨도 잠시 박무택은 이미 동사 직전으로 살아날 가망이 없었다. 그는 "어서 내려가라."는 말을 남긴 채 숨이 끊어진다. 동료를 구하지도 못한 채 박정복도 하산길에 탈진상태로 실종된다. 친구를 살리러 올라갔다가 자신마저 숨을 거두는 그의 휴머니즘에 눈시울이 뜨거워졌다.

살아남기 위해 가지 않은 사람들과 죽을지언정 친구를 구하러 간 박정복의 인간애. 생사의 갈림길에서 무엇이 정의인지 판단하기가 쉽지 않다. 캠프의 사람들은 한 사람의 목숨을 구하기 위해 다수가 목숨을 건 무모한 일은 자제해야 한다면서 구조 작업에 나서지 않았다. 인간의 행복을 극대화하는 것이 정의라고 주장하는 '공리주의' 견해에서 보면 그들의 생각이 옳다. 하지만 개인의 행복을 배제한 그 행위가 과연 타당한 일인가.

『정의란 무엇인가』의 저자 마이클 샌델은 정의를 판단하는 세 가지 기준으로 행복, 자유, 미덕을 들었다. 즉, 공동체에 좋은 영향을 끼치고 있는가에 따라 정의로움을 결정할 수 있다고 말했다. 〈히말라야〉에서 박정복이 어둠을 뚫고 친구를 구하러 간 일은 미덕에 가치를 두고 행한 정의가 아닐까. 어떤 행위가 바람직하다면 조건 없이 자신이 명령하는 대로 따라야 한다는, 철학자 칸트의 '순수실천이성'의 정언명령에 따라 박정복은 행동한 것이리라.

정의는 올바른 가치 측정에 의한 판단이다. 정의는 휴머니즘, 즉 모든 사람을 두루 사랑하는 박애博愛 정신을 바탕으로 한 인간존중 사상이다. 현대의 휴머니즘은 지구상의 모든 인류가 인종·국경·종교를 떠나서 전쟁과 폭력으로부터 인간적인 존엄성을 보호해 나가야 한다고 역설하고 있다. 휴머니즘은 14세기

이후의 르네상스 운동에 뿌리를 두고 있지만, 시간과 공간의 차이를 떠나서 인간의 자유와 존엄성이 위협받는 순간에 항상 정의라는 이름으로 모습을 드러내 왔다. 자신의 안위보다 다른 사람의 존재가치를 소중하게 생각한 박정복(실재인물: 배준호) 대원의 행동이야말로, 휴머니즘에 입각한 정의로운 선택인 것이다.

〈히말라야〉 영화의 절정은 박무택, 박정복, 정민 대원의 시신을 찾아 엄홍길이 '휴먼원정대'를 조직하여 다시 에베레스트 원정에 나서는 장면이다. 악천후를 헤치고 수많은 날을 헤맨 끝에 로프에 매달린 채 바위에 꽁꽁 얼어붙은 박무택을 만났다. 그를 끌어 안고 흐느끼는 엄홍길. 주검을 바위에서 떼어 가파른 산길을 운반하는 그 광경에서 훌쩍이는 소리가 곳곳에서 들려왔다. 원정대는 하산 도중 눈사태를 만나 시신을 캠프까지 운반하지 못하고 동쪽 티베트가 바라보는 산모퉁이에 돌무덤을 만들었다. 죽음의 문턱을 함께 넘은 벗을 히말라야에 묻고 내려오는 사나이 들의 눈물은, 진정한 인간애가 무엇인지 가슴을 울리게 했다.

그들은 왜 그토록 인간적이었는가. 그것은 도덕적 요구다. 원정 대원이 생사고락을 같이한 동지를 찾아 시신을 수습한 행위는 인간의 도리에 대한 의무를 다하려 한 것이다. 그들은 기록도 명예도 보상도 없는 뜨거운 가슴 하나로 목숨을 걸고 히말라야에 다시 올랐다. 동료의 시신을 찾아 돌무덤을 만들고 고인의 영혼을 위로했다. 휴먼원정대가 행한 숭고함은 자살폭탄테러로 사람의 생명을 무참히 앗아가는 극단주의자들이 현존하는 이 세상에, 인간의 존귀함을 일깨워주는 정의로운 행동이라고 아니 할 수 없다. 영화 속에서 등정대원들이 행한 기적 같은 행동이 인터넷 검색 결과 실제 있었던 일이었다. 메마르고 각박한 이 사회에 박정복과 휴먼원정대가 행한 용기 있는 인간애는 사람들의 마음을 감동의 물결로 출렁이게 했다.

겨울 산행을 떠나야 할까 보다. 산속에서 혹여 눈보라를 만나면 커다란 바위 밑에 웅크리고 앉아, 히말라야의 고독과 추위를 느껴 보고 싶다. 하염없이 내리는 눈 속에 갇혀 장갑을 벗어 끼워줄 동반자가 곁에 있다면 더는 바랄 것이 있으랴.

봄빛 담은 바람 붓

　올해는 윤달이 들어서인지 봄이 아장아장 느리게 온다. 오는 봄을 마냥 기다릴 수 없어 봄을 찾아 남쪽으로 떠났다. 섬진강에 들어서니 바람결에 은은하게 풍겨오는 매화향기가 겨울을 저만치 밀어내고 있다.

　언덕을 오르는 길가엔 활짝 핀 홍매가 미소 짓고, 보이는 산등성이마다 몽실몽실 피어난 매화가 눈부시다. 매화꽃 그늘에서 친구와 해맑게 터트리는 웃음은 또 하나의 꽃송이로 피어났다. 중학교부터 지금까지 마음의 다리를 이어온 친구. 사는 곳이 멀어 자주 만나지 못해도 어제 만난 듯 편안하게 얘기를 나눌 수 있는 벗이 있다는 것은 삶에 윤기를 더해준다. 꽃 그림자 사이로 보이는 동무 얼굴에 봄 햇살이 따사롭다.

해마다 봄이 오면 섬진강을 따라 피어난 매화가 좋아 매실 마을을 찾는다. 산정에 올라 내려다보면 손대지 않은 태고의 섬진 강이 흘러간다. 구불구불 흐르는 강물을 따라 흐름이 느린 곳에 쌓인 널따란 모래톱과 다양한 식물이 어우러진 자연 그대로의 순수를 간직한 강이다. 청록색 강줄기를 따라 양쪽 산등성이로 피어난 매화는 눈이 내린 듯 하얗다. 그림 같은 섬진강이 개발 이라는 이름으로 훼손되지 않기를 바라며 윤슬*로 일렁이는 강물을 무심히 바라보았다.

매화길 수십 리가 이어진 섬진강 줄기 끝자락 만덕 포구에서 늦은 점심을 먹고 여수 오동도로 향했다. 동백꽃은 다 피고 이미 지고 있었다. 동백터널을 지나다 툭툭 떨어진 빨간 꽃송이를 주워 만든 화관을 머리에 쓰고 친구랑 호호거리며 사진을 찍었다. 어스 름한 하늘가로 노 저어 나오는 반달을 보며 향일암으로 갔다. 얼마 전 이곳을 다녀온 지인이 암자에서 자면 일출을 볼 수 있는 전망 좋은 방이 있다고 귀띔을 해줬다.

주말 늦은 밤에 예약도 없이 암자를 찾았건만 다행히 방이 있었다. 그런데 잠자는 대신 새벽에 불공을 드려야 한단다. 로마에 가면 로마법을 따른다고 했던가. 다음날 새벽에 친구와 '관음전'

---

* 윤슬: 순우리말로 달빛이나 햇빛에 비치어 반짝이는 잔물결

으로 갔다. '탁탁' 목탁 소리에 맞춰 비구니 '관세음보살'을 외는 낭랑한 음성이 어둠을 밀어내며 새벽을 열었다. 관세음보살은 사람들의 소원을 들어주는 보살로, 특히 향일암에서 기원하면 영험하다는 입소문이 나서 새벽인데도 많은 사람이 불공을 올렸다. 불자는 아니지만 나도 친척과 지인들 이름을 하나하나 부르며 행복을 기원했다. 나아가 대한민국과 세계평화까지 염원하였다. 또르르 목탁 소리가 잦아들면서 불공은 끝났다. 선 채로 장시간 기원하는 일이 생각보다 힘들었다. 도 닦는 일을 왜 고행이라고 하는지 몸소 느껴 본 날이다.

암자에서 채식으로 소박하게 아침을 먹는 도중에 누군가 "해가 뜬다."고 외쳤다. 창가로 달려가 떠오르는 해돋이를 보았다. 바다 속에서 떠오를 줄 알았는데 건너편 섬에서 초승달처럼 붉은 해가 솟아올랐다. 여간해서 보기 어려운데. 구름 한 점 없는 수평선 위로 남해의 멋진 일출을 보게 되어 행운이었다. 어떤 보살님이 복 지은 사람이 제대로 된 해돋이를 본다는 말에, 진정으로 복을 주는 사람이 되고 싶다.

일출의 감동을 안고 돌산 신기항에서 아침 배를 타고 최종 목적지인 금오도로 갔다. 제주도의 올레길처럼 그곳엔 비렁길이 있다. 비렁길은 벼랑길의 이곳 사투리다.

비렁길은 바다를 끼고 산허리를 도는 둘레길로 이어졌다.

날씨가 좋아 바다가 청담색, 푸른색, 비취색 등 다양한 색깔로 비치는 모습이 카리브 해를 연상케 했다. 굽이진 곳에 깎아지른 절벽이 형형색색의 빛깔을 안고 하얀 파도의 물거품에 휘감기고 있었다. 먼 이국 땅 도보여행을 하는 듯 새로운 정경에 취해 걸었다. 오솔길 옆으로는 하얀 바람꽃이 한들거리고 이름 모를 야생화는 바위틈으로 수줍은 듯 고개를 내밀었다. 육지의 봄은 더디게 오는데 남도는 봄이 물오르고 있다. 길가 나뭇가지엔 어린 새순이 다투어 서로 다른 봄빛을 내뿜었다. 머지않아 봄빛 담은 바람 붓이 남쪽에서 북으로 서서히 연초록으로 물들여 가리라.

비렁길 끝자락 밭이랑에서 방풍나물을 샀다. 친구와 한 보따리씩 나눠 들고 배를 탔다. 매화, 바다, 야생화를 보며 감탄하고 목젖이 나오도록 한껏 웃을 수 있는 친구와 함께한 행복한 동행이었다. 봄빛을 한 아름 안고 돌아오는 길에 또 하나의 추억이 노을빛에 곱게 물들고 있었다.

손톱 밑 가시

    손가락 끝이 바늘로 찌르듯 아프다. 어느 순간엔 살짝 건드리기만 해도 '아야.' 소리가 절로 나온다. 가만히 생각해 보니 며칠 전 아욱국에 넣으려 마른 새우를 씻다가 새우수염에 찔려 따끔했었다. 아마도 그때 새우 가시가 박혔나 보다.

    가끔 스칠 때 한 번씩 따끔해도 별로 아프지 않았는데 오늘은 유달리 찌릿하다. 기타를 배우는 날이라 집게손가락을 찌르는 원흉을 찾아내려고 작정했다. 족집게와 바늘을 준비하여 남편에게 손가락을 내밀고 가시를 수색하라고 했다. 그이는 보이지 않는다며 돋보기를 쓰고 유심히 살폈다. 그래도 눈에 띄지 않자 숨어 있는 자객을 찾듯이 바늘로 여기저기 들쑤셔댔다.

어느 순간 '아야.' 소리가 나오는 지점을 그이는 바늘로 후벼 팠다. 드디어 가시가 눈에 보이자 족집게로 잽싸게 뽑아냈다.

"오호, 이 작은 가시가 우리 마님을 아프게 했구먼."

남편은 흐뭇한 표정으로 화장지에 가시를 신줏단지 모시듯 조심조심 내려놓았다. 궁금증에 코앞에 대고 살펴보니 얼마나 작은지 눈을 크게 떠야 보였다. 깨알보다 작은 검은 점이다. 이렇게 작은 가시가 며칠 동안 나를 깜짝깜짝 놀라게 하다니 어이가 없었다. 그이는 기세등등하여

"나 아니면 이렇게 작은 가시를 어떻게 찾아 뽑나. 의사도 못 할 일을 내가 해냈구먼."

"아이구, 서방님 아니면 그 누가 콕콕 찌르는 가시를 뽑사오리까. 은혜 백골난망이옵니다."

내가 맞장구치자 남편은 싱글벙글 의기양양하다.

희한하게 그 작은 가시를 빼내자 손가락을 쓱쓱 문질러도 아무렇지도 않다. 몸에 박힌 가시는 어떻게든 찾아 빼내면 아픈 곳이 사라진다. 사람의 마음에 박힌 가시도 지금처럼 족집게로 뽑아 상처 입은 곳을 치유할 수 있다면 얼마나 좋을까?

사람과 사람이 만나 항상 즐겁게 지낼 수 있다면 좋으련만. 대화 속에서 별 생각 없이 한 말이 예기치 않게 누군가에게 상처로 남아 심중에 박히기도 한다. 자신도 모르게 불쑥 한 말이나 농담이

의도하는 바와 다르게 남을 속상하게 하여 마음의 가시가 되는 수가 뜻밖에 많다. 상대방이 말하지 않으면 가슴의 가시는 알 수 없다.

얼마 전 친구와 산책길에 "언제부터인가 갈대는 속으로 조용히 울고 있었다."는 어느 시인의 시구를 그 애가 읊었다.

"삶은 정말 속으로 울고 사는 건지도 몰라." 감상에 젖어 친구는 말했다. "아픔 없는 사람이 어디 있겠어. 그냥 견디는 거지." 마음 여린 그녀의 푸념이려니 여기고 건성으로 대꾸했다. 며칠 뒤 동무는 그때 내가 한 말이 무척 마음에 걸렸다고 했다. 지난해 자식을 떠나보내고 설움이 쉽게 사그라지지 않아 그 슬픔을 나누고 싶어 말한 건데, 무심한 내 반응에 정말 서운했다고. 나는 별 생각 없이 한 말인데 그 애는 상처가 되어 가슴에 남았나 보다. 뒤늦게나마 친구가 섭섭한 속내를 전하여 내가 사과하고 둘이서 미소 지었지만, 상대 맘을 헤아리지 못하고 내뱉은 말이 가시가 될 줄이야.

대다수 사람은 가까운 사람에게서 상처를 입는다. 부모와 형제, 부부, 자식은 자주 만나다 보면 생각 차이로 의견 충돌이 생길 수밖에. 특히 여자들은 시댁 식구와 관계가 형성되면서 좋을 때도 있지만, 말로 인한 상처로 가슴에 가시가 박힌다고 한다. 금성 여자와 화성 남자가 결혼하여 시가媤家와 엮이며 서로 맞춰 살기란

미적분 풀기보다 어려운 문제다.

혼인하여 낯선 사람들과 한 가족이 되려면 희생과 봉사가 뒤따라야 집안이 화목하다. 큰며느리인 나는 집안의 크고 작은 행사를 주관하고 시부모님 섬기다 보면 어려움이 많다. 멀리 있는 남매들은 자주 오지 못하고 가까이 있는 우리가 편찮으신 시부모님과 소소한 일상을 챙기다 보면 몸과 맘이 지칠 때가 있다. 누가 뭐라지 않아도 큰사람의 굴레에 갇혀 스스로 책임감 이라는 가시를 가슴에 심었을까. '비단옷 입고 밤길 걷는다.'는 속담처럼 누가 알아주지 않아도 묵묵히 할 일을 해내야 하는 맏이의 도리. 보이지 않는 내 마음속의 가시도 족집게로 뽑아 의무감에서 벗어날 수 있다면……

세상사에 파인 가슴의 상처도 손톱 밑 가시를 빼듯이 뽑아 버릴 수 있다면 마음이 치유될 텐데. 인간관계는 고리처럼 연결 되어 상대가 괴로우면 서로 심정이 편하지 않다. 그러니 말로 할퀸 상처가 가슴을 찌를 때는 허심탄회하게 대화하여 서로 꼬인 감정의 실타래를 풀면, 마음에 박힌 가시는 저절로 빠져나오지 않을까.

남편이 새우 가시를 화장지에 싸며

"우리 마나님을 괴롭힌 맹랑한 이놈을 어찌하오리까?"

"번개 같은 고수 검객이 낡은 노획물이니 장식장에 오래 두고 봅시다."라는 내 말에 둘이서 박장대소했다. 한바탕 웃음으로 마음 자락에 쌓인 아픔도 털어내 본다.

사랑하기도 짧은 시간에 언제 남을 미워하는 가시를 심중에 담아두랴. 세상의 번뇌로 마음속의 가시가 콕콕 찌를 때, 사랑이라는 족집게로 잽싸게 뽑아내면 가슴에 맺힌 옹이도 스르르 사라지리라.

빙벽의 눈물

　하얀 설경을 그리며 여행 가방을 쌌다. 두꺼운 옷을 챙겨 열기로 가득한 한국을 떠나 알래스카에 내렸다. 앵커리지 들녘은 온통 초록 물결이다. 북극에 가까운 알래스카에도 여름은 오고 있었다. 발데즈 항*으로 가는 도중에 들른 농장에서 본 양배추는 두 팔로 안을 정도로 컸다. 석 달 정도 여름인데 백야현상으로 일조량이 많아 식물이 금방 자란다고 한다. 이끼와 풀들만 자라는 동토의 땅이라고 생각한 그곳에는 길 양옆으로 가문비나무와 자작나무가 울창한 숲을 이루고 있다. 하늘은 푸르고 구름은

---

* 발데즈 항: 알래스카의 작은 스위스라 불릴 정도로 아름다운 만으로 앵커리지 동남쪽에 있는 항구.

빗살무늬로 흘렀다.

초록이 무성한 산야를 보며 여기가 그 춥다는 알래스카 땅이 맞을까 하는 의문이 들었다. 누군가 "빙하다!" 외치는 소리에 차창 밖을 보니 저 멀리 눈 쌓인 계곡이 보였다. 하얀 눈 사이로 푸르스름한 빛이 새어 나오는 그곳은 마타누스카 빙하다. 일행들의 술렁거림에 가이드가 여기는 빙하의 시작에 불과하단다. 그 말대로 산줄기 너머 빙하가 수시로 나타났다. 알래스카에 발을 디딘 것이 그제야 실감났다. 온종일 버스를 타고 발데즈만에 도착하여 숙소에 짐을 풀고 산책을 나섰다. 밤 열 시가 넘었는데 백야로 사방이 환하다. 저녁놀에 구름은 주홍빛으로 물들고 항구에 정박한 배들은 조는 듯 깜박거린다. 아스라한 산 정상은 하얗고 드넓게 펼쳐진 마을 풀밭에는 야생 토끼들이 풀을 뜯고 있다. 사람이 가까이 다가가도 도망치지 않고 풀을 먹었다. 시골 동네 개들이 돌아다니듯 토끼들이 곳곳에 몰려다니며 놀고 있었다. 사람과 토끼가 어울려 사는 동화 같은 산골이다.

다음날 빙하를 보러 크루즈를 탔다. 유람선 선상에서 바라보는 산봉우리 너머로 만년설을 품은 설산은 눈이 시리도록 하얗다. 어디선가 에스키모인이 털옷을 입고 나타날 것만 같았다. 배가 천천히 가는 듯싶더니 사람들이 수런거린다. 바닷물에서 해달 두 마리가 한가로이 헤엄치며 사람들을 구경하고 있다. 조금 더 앞으로 나아가자 절벽 아래 바위에는 바다사자가 떼 지어 엎드려 있고 그 옆에는 물개들이 올라와 울부짖었다.

바닷물 위로 유빙이 하나둘 떠다닌다. 제법 큰 빙산이 나타나자 타이타닉호가 생각났다. 캄캄한 바다 위에서 빙산에 부딪혀 호화 유람선은 침몰했다. 거대한 빙산을 미처 보지 못하고 항해하다 순식간에 바닷속으로 가라앉은 타이타닉호. 문명이 거대한 자연의 힘 앞에 한순간에 부서지는 세기의 비극이었다. 점점이 떠 있는 유빙을 헤치고 크루즈가 나아간다. 이러다 빙산에 부딪히는 일은 없을까. 생각하는 순간 높다란 빙산이 눈앞을 가로막는다. 푸른빛을 온천지에 내뿜으며 병풍처럼 빙벽이 장엄하게 서 있다.

산골짜기 만년설을 온몸으로 막으며 서슬 푸른 기마 부대처럼 빙벽이 당당하게 버티고 서 있다. 태고의 서기를 품고 빙하는 우뚝 서서 유람선을 내려다보았다. 콜럼비아 빙하! 그 거대한 빙벽의 웅장함에 일행은 넋을 잃고 바라보았다. '오래도록 북극의 빙하로 남아다오.' 나도 모르게 중얼거렸다. 순간 지축을 흔드는 굉음이 들리며 빙벽 한 귀퉁이가 삽시간에 무너져 내렸다. 그토록 위풍당당하던 빙벽이 찰나에 갈라져 바다에 추락하다니…….

사람들의 놀라움과 환호. 그 소리는 경이로움과 안타까움이 교차하는 기이한 탄성이었다. 허무하게 무너지는 빙벽을 보며 내 가슴에도 횡하니 찬바람이 일었다.

애석한 마음을 진정하기도 전에 다시 폭음소리가 진동하더니 빙벽이 부서져 나갔다. 잠시 후 또 한 번, 세 번이나 빙산이 울부짖으며 떨어져 나갔다. 이토록 빨리 빙하가 녹아내릴 줄이야. 북극해를 떠돌며 빙산을 타고 물고기를 잡아먹는 북극곰은 어이 살아가라고.

빙벽이 부서지며 떨어져 나온 유빙이 하염없이 바다 위를 떠다니고 있다. 문명의 발달로 지구는 온실가스로 둘러싸여 북극 온도가 점점 올라가, 지난 이십 년 동안 내륙 빙하에서 녹아내린 얼음은 대략 4조 톤. 예측조차 할 수 없는 어마어마한 얼음물은 바다로 흘러들어 해수면이 1cm쯤 상승하였다고 한다. 남태평양의 섬나라 투발루는 아름다운 해안가를 자랑하던 곳인데, 바닷물이 차올라 섬이 두 개나 사라져 삶이 위태로워지고 있다. 이대로 환경파괴를 내버려두면 온난화의 피해에서 모든 나라가 자유로울 수 없다. 요즈음 잦은 집중호우, 가뭄, 폭설 등 세계적인 기상 이변은 빙하 얼음이 녹아 흐르면서 생기는 현상이다.

빙하가 사라져 간다. 바닷가의 빙벽만 무너지는 것이 아니다. 앵커리지 동북쪽에 있는 엑스트산 빙하까지 가는 숲길 입구에 1917년이라는 팻말이 있다. 그때는 빙하가 그곳까지 덮고 있었다는 표지판이다. 만년설 대신 활엽수가 서 있는 오솔길을 우산을 쓰고 한참 걸어가서야 빙하의 꼬리를 만났다. 산 중턱에 매달린 얼음기둥은 빙하 끝자락을 놓치지 않으려 안간힘을 쓰는지 퍼렇게 멍들어 있었다. 불과 백 년도 되지 않아 2km나 녹아내린 빙하. 지금처럼 녹아내리면 이곳의 만년설은 십 년도 가지 않아 사라질 것 같다. 영상으로 보는 뉴스가 아니라 직접 눈앞에서 보는 지구의 현주소다.

북극의 빙하가 녹는 나비효과로 우리나라 기후가 아열대로 변하고 있는 요즘. 우리가 내뿜은 이산화탄소, 매탄 등으로 빙하가 사라지면서 결국은 인간의 생존이 위협받고 있다. 뱃전에서 바라본 빙벽이 쪼개져 바다로 추락하는 얼음 덩어리. 그것은 지구가 병들어 몸부림치며 흘리는 빙벽의 눈물이다. 이제 그 눈물을 인류가 멈추게 해야 하리라.

크루즈를 타고 돌아오는 길에 파란 고래 한 마리가 유유히 나타났다. 고래 등으로 갈매기들이 내려앉는다. 날개를 접고 쉬다가 새는 무심히 날아간다. 외로움에 목마른 고래는 갈매기를 부르는지 꼬리를 기우뚱 흔든다. 빙산에서 떨어져 나와 탄생한 푸른 고래는 머지않아 녹아서 사라질 것이다. 빙벽이 흘린 눈물이 얼음 송이가 되어 등지느러미 위에 송알송알 맺혔다. 푸른 고래가 미끄러져 가는 바다 위로 윤슬이 일렁거린다.

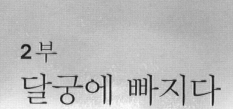

2부

달궁에 빠지다

감청색 하늘가로 하나둘 보이는 별을 헤다
나는 달궁 속으로 빠져들었다.

바람 부는 언덕

구름이 낮게 드리운 하늘은 금방이라도 눈이 내릴듯하다. 창밖으로 참새 한 마리가 소리도 없이 감나무에 내려앉는다. 우듬지에 달린 얼부푼 홍시 한 개가 겨울바람에 위태롭다. 하루가 저무는 어스름이 한가로움을 데리고 마당으로 들어온다. 적막을 깨는 전화벨 소리가 울렸다.

"언니, 병원 응급실이에요. 배가 너무 아파서 검사 중인데 아무도 없어요. 남편이 때렸어요."

수화기 너머 옥이 목소리는 갈피를 잡지 못하고 허둥거렸다.

내일로 예정된 여행을 떠나야 하는데 난감했다. 오죽하면 먼 데 있는 나를 찾았을까. 우선 옥이한테 가보고 되짚어 밤중에 와야 할 것 같다. 남편과 생각을 정리한 뒤 핸드폰을 들었다.

"내가 지금 갈 테니 걱정하지 마."

"언니, 검사결과가 나왔는데 괜찮다고 하네요. 안 와도 될 것 같아요."

안도의 숨을 내쉬었다. 옥이는 우리 집에 살면서 아이를 키워준 동생 같은 사람이다. 나와 정이 들었는지 결혼한 뒤에도 친정 언니를 찾듯이 가끔 다녀갔다. 시집간 뒤로 맞벌이로 살림을 꾸려 가느라 바빠서 연락도 없다가, 신랑과 다투기만 하면 전화를 걸어 울며불며 하소연하였다. 언젠가는 남편과 못 살겠다고 우리 집에 와서 한 달 넘어 있다 간 적도 있었다. 그러다가도 마음 여린 그녀는 미운 정도 정인지 헤어지지 못하고 다시 돌아갔다. 무소식이 희소식이라고 옥이 전화가 안 오면 둘이서 나름 잘살고 있겠지 짐작한다. 그 후로도 여러 번 티격태격하더니 급기야 오늘 응급실에서 전화가 온 것이다.

부모 복이 없으면 남편 복도 없다고 했던가. 꼭 옥이를 두고 한 말 같다. 옥이는 열 살에 아버지를 여의고 의붓어머니 곁을 떠났다. 안쓰럽게 생각한 시어머니께서 수양딸 삼아 키워 초등 학교를 졸업시켰다. 내가 결혼하여 아이를 출산하자 그 애는 우리 집에 와서 보모 역할을 했다. 연년생으로 낳은 두 아이는 옥이를 고모라고 부르며 잘 따랐다. 아니 옥이가 아이들을 친 고모 이상으로 귀여워하며 사랑으로 보듬었다. 산골에서 학교도 다니지 못하고 열다섯 살 소녀가 아기를 키운 것이다. 그 어린 나이에 어떻게 애들을 돌보았을까.

그때는 나도 직장 다니느라 제 살기 급급하여 그 애가 그리 벅찬 일을 하는 줄 미처 헤아리지 못했다. 나중에 내 딸이 중학교 다닐 때 지켜보니 제 앞가림에 바빠서인지 방 정리도 제대로 못 하였다. 어린 나이에 옥이는 아이 둘을 돌보느라 얼마나 힘이 들었을까. 돌이켜 생각하면 가슴이 짠하다.

그 당시 내가 살던 산골은 직장 가까운 곳에 집이 없어서 소여물을 끓이는 방을 세 얻어 살았다. 마을에서 제일 높은 언덕 위의 집이었다. 부엌에는 문이 없어 비닐로 문을 만들어 지냈다. 겨울엔 방문만 열면 차가운 고추바람이 품 안으로 달려들었다. 얼마나 춥던지 부엌에 나올 때는 두꺼운 스웨터에 목도리를 하고 솜버선을 신고 나와 군불을 때며 밥을 지었다. 그 추운 곳에서 내가 학교 가면 옥이는 아기를 돌보았다. 물론 큰아이는 친정 어머니께서 도맡아 키우다시피 하였지만 육아 일이 어디 한두 가지인가. 이유식에 빨래, 뒤따라 다니기 등 그 많은 일을 어떻게 다 감당하였을까. 지난 일이지만 옥이가 어른도 하기 힘든 일을 해냈구나 싶어 갸륵하고 대견스럽다.

옥이는 우리 집에서 사 년 정도 살고 나가서 직장생활을 하다가 결혼을 했다. 그토록 고생하며 소녀 시절을 건너간 옥이라서 시집가서 잘 살기를 바라고 또 바랐다. 그런데 왜 그리 박복한지. 눈먼 홀시아버지까지 모시고 사는 맏며느리에다가 시동생 뒷바라지까지 했다. 그래도 가정을 위해 옥이는 일하며 가사까지 혼자 도맡아 다했다. 돈을 좀 더 벌기 위해 공장에서 밤일까지 해도 가난한 그 집 형편은 나아지지 않았다. 겉만 번지레한 그녀 남편은 옥이를 안쓰럽게 생각해 도와주기는커녕, 사업한답시고 집안을 더 어렵게 만들었다. 무능한 그는 옥이에게 손만 내밀었다. 그런 생활을 이십여 년 하다 보니 부부싸움이 잦을 수밖에. 그러다가 결국 폭력까지 쓰며 그녀의 삶에 어둠의 장막을 드리운 옥이의 그 남자. 드라마처럼 옥이에게 시련은 끝없이 이어졌다.

옥이는 응급실에서 치료받은 뒤로도 하나밖에 없는 딸을 위하여, 참고 견디며 하루하루를 살아냈다. 하지만 점점 불어나는 빚더미와 남편의 무책임, 혼자서 모든 것을 안고 가야 하는 막막함. 한 치 앞도 보이지 않는 까마득한 낭떠러지를 보고 이혼하고야 말았다. 그 소식을 듣고 내 마음은 오히려 홀가분했다. 평생 짊어지고 가야 할 굴레를 벗은 듯해서다. 악연으로 맺어진 인연이라면 진즉에 고리를 끊어야 했는데. 자식이 무엇인지 그 멍에에서 벗어나기가 그리도 어려웠나 보다. 벼랑 끝에 선 가여운 옥이에게 한 가닥 줄이라도 건네주고 싶은 심정으로 그녀를 찾아갔다. 아무

것도 받은 것 없이 헤어져 당장 살길이 막막한 옥이. 가녀린 그 손에 방값을 쥐여 주었다. "언니를 맨날 힘들게 해서 정말 죄송해요." 하며 옥이는 울먹였다. 아니 내가 더 미안하다. 죽도록 고생만 하다가 결국 혼자 앞가림하며 살아야 하다니…….

어린 시절부터 바람 부는 언덕을 홀로 걸어가야 했던 가여운 옥이. 엄마를 일찍 여의고 아버지마저 떠난 뒤, 어린 나이에 우리 집에 와서 내 아이들을 사랑으로 키워준 소녀. 어렸을 때 보았던 만화 주인공 '슬픈 옥이'처럼 아픔을 그림자처럼 끌고 다니는 여인. 이제는 어딘가 기대어 잠시 쉬어갔으면.

창밖에 매화나무가 꽃망울을 하나둘 터트린다. 이제 머지 않아 봄이 우리 집 마당에 출렁이며 밀려올 것이다. 집 전화가 따르릉 울린다.

"언니, 나 임대아파트에 곧 입주해요. 처음으로 기쁜 소식 전하네요."

전화기 너머 옥이 목소리가 지저귀는 새소리처럼 들린다. 한부모 혜택으로 나라에서 값싸게 임대 해주는 아파트란다. 아울러 딸 학비도 지원받아 짐이 가벼워졌다고. 내가 집을 샀을 때보다 더 좋아 소리쳤다.

"여보, 옥이가 드디어 쪽방 신세를 면했대요."

이제야 그녀가 사는 언덕에 바람이 그쳤을까. 옥이가 사는 집을 보러 가야겠다. 이제 슬픈 그림자는 밀어내고 햇살 가득한 아파트 모퉁이를 딸이랑 손잡고 걸어가리라. 얼굴 가득 미소 지은 옥이가 저만치서 다가온다.

빛의 물결

빛이 이랑을 이루어 너울너울 밀려온다. 함성이 파도처럼 빌딩 사이를 굽이쳐 지나간다. 분노의 소리가 광화문 광장 밤하늘에 솟구쳐 오른다. "와아아!" 가슴 저 밑바닥을 헤치고 나오는 어둠을 몰아내는 소리다. 이제껏 억눌려 왔던 민중의 절규다. 누가 이들을 이곳으로 불러냈을까.

얼마 전 답사를 마치고 돌아오는 길에 요즘 막장 드라마보다 더 기가 막힌 최순실 국정 농단이 화제가 되어 설왕설래로 버스 안이 술렁거렸다. 지금까지 듣도 보도 못한 여인네가 대통령 뒤에 숨어 권력을 요리하고 있었다. 통치자의 친분을 냄비 삼아 문화·체육을 재료로 재벌이라는 양념을 쳐서, 뒷돈이라는 밥상을 차려 그녀가 맛있게 먹는 동안 집무실엔 먼지가 쌓여갔다. 세월호가 바다로 가라앉아 수많은 목숨이 사라지는 절체절명의 순간에 국민의 생명을 지켜야 할 통치자는 관저에서 무엇을 했는지······. 어두움 속에서 블랙리스트를 만들어 국민의 표현 자유를 통제하며, 말 안 듣는 공무원은 '나쁜 사람'이라는 말 한마디로 쫓아냈다. 언론과 국회에서 숨은 실세를 언급할 때마다 은폐하고 법과 원칙을 들먹이며 국민을 기만한 지도자. 베일 뒤에서 권력자들이 저지른 일을 어찌 필설로 다 옮길 수 있을까만, 각자 생각나는 대로 읊어도 줄줄이 나온다.

수런거리는 일행의 설전을 뚫고 "정의를 위하여 광화문으로." 솟구치는 의협심에 사로잡혀 나는 외쳤다. 금방 친구 두 명이 동조하였다. 여러 사람 앞에서 우리는 도원결의라도 하듯이 꼭 그곳에 갈 것이라도 선언했다. 맘은 있으나 제 앞가림에 바빠 광화문에 촛불 하나 밝히지 못한 미약함을 밀어내려 스스로 약속했다.

드디어 뜻을 같이하는 다섯 명이 2월 마지막 주 토요일에 승용차로 원정길에 올랐다. 오전부터 서둘렀으나 밀리는 차량에 겨우 다섯 시에 광화문에 당도했다. 발 디딜 틈 없이 광장은 사람의 물결로 출렁였다. 사람 숲을 헤치고 오솔길처럼 트인 길을 따라 빈틈을 찾았다. 자리를 잡느라 부딪쳐도 뜻을 같이하는 사람들이

모여서인지, 모두 하나 된 마음으로 몸을 옹송그려 자리를 만들어
주었다. 옆에 앉은 아낙이 어디서 왔냐고 물었다. "전주서 왔어요."
"먼 데서 왔네요. 장하십니다. 우리는 매주 왔어요." 하며 십년지기
처럼 손을 잡으며 반겼다. 나라를 바로 세우고 싶은 사람들이
이렇게 삼삼오오 짝을 지어 광장에 모여들었다. 영상으로 볼 때
와는 느낌이 확연히 달랐다. 가슴과 가슴으로 전해오는 동지애
같은 뭐 그런 것.

자유발언대를 통해 "국민의 힘으로 민주주의를" 여대생이 부르
짖자 시민들은 일사불란하게 앞에서부터 촛불 파도타기를 하며
함성으로 화답했다. 이어서 영상을 통해 노래가 나오자 모두 따라
불렀다. "대한민국은 민주공화국이다. 대한민국의 주권은 국민
에게 있고 모든 권력은 국민으로부터 나온다." 헌법 제1조를 반복
하여 노래로 불렀다. 노래인지 아우성인지 구별이 안 될 정도로
목이 터지라 외쳤다. 민주주의에 한 맺힌 사람들처럼 소리쳤다.
어떤 사람의 눈가에는 물기가 어려 있었다.

우리가 어떻게 찾은 민주주의인가? 조선왕조가 무너지고
국민의 주권을 완전히 빼앗긴 일제강점기 때 의병과 독립 운동가
들의 끝없는 투쟁을 통해, 나라를 되찾아 민주공화국 대한민국을
세웠다. 그러나 권력을 계속 장악하려는 독재자들 때문에 민주
주의는 암흑기를 만났다. 하지만 이에 굴하지 않고 민주주의를

열망하는 시민은 역사의 기로마다 끊임없이 4·19혁명, 광주 민주항쟁, 1987 시민운동을 통해 드디어 대통령을 직접선거로 뽑게 되었다. 그렇게 시민의 힘으로 되찾은 국민의 주권을 아무 권한도 없는 일반인이 통치자와 인연을 이용하여, 문어발처럼 사방 천지에 권력을 남용하고 있으니 국민의 가슴속에 울분이 쌓여 갈 수밖에. 의롭지 못한 일에 대해 부끄러워하고 미워하는 마음인 맹자의 수오지심羞惡之心처럼. 이제 국민은 불의를 더는 참을 수 없어 이렇게 광화문 광장에 모여 '정의'를 부르짖고 있는 것이다.

이어서 광장 무대에서는 「타는 목마름으로」 노래를 어떤 가수가 나와서 열창하였다. 그가 "민주주의여!"를 외치자 사람들도 따라 소리쳤다. 시민들의 함성이 밤공기를 가르고 허공에 메아리 친다. 세종대왕 동상이 '어둠은 빛을 이기지 못한다.'는 듯이 까만 밤에 황금빛으로 빛났다.

국내에서 유일하게 국정교과서를 선택한 문명고교 교사는 "역사와 학생들 앞에 부끄럽지 않기 위해, 저는 끝까지 투쟁하여 제대로 된 교과서로 가르치겠습니다."고 선언하며 동참해 줄 것을 호소했다. 이렇게 잘못된 것을 바로잡으려고 사람들이 촛불을 들었다.

겨우내 추위에 발 구르며 "퇴진하라." 외쳐도 귀가 막혀 불통인 그네는 듣지 못한다. 어려서부터 청기와에서 십수 년을 살아서인지 그곳이 제 집이고 고향인 줄 착각하고 나올 생각조차 않는다. 자신은 아무 잘못도 없는데 시민이 생트집 잡고 계획적으로 자기를 엮었다고, 억울하다며 자기편 끌어 모으기에 여념이 없다.

청와대에 들어가 얼굴 단장하는 공주놀이로 대들보 썩는 줄 모르고 관저에서 그네만 타던 그녀가 국민의 함성에 청기와가 기우뚱 흔들리자 하루아침에 평민으로 내려갈까 봐, 자신의 지지자들에게 동정심을 이끌어 내려고 안간힘을 쓰고 있다. 지혜로운 참모는 멀리하고 굽실거리는 조력자와 교활한 아줌마에 휘둘리는 영혼 없는 꼭두각시. 거짓을 덮기 위해 또 다른 거짓말을 얼굴색도 변치 않고 말한다. 과대망상증에 걸려 국민이 자기를 위해 존재하는 줄 착각하고 있으니 어찌 자신의 죄를 알 수 있으랴.

광화문집회가 끝나자 너 나 할 것 없이 사람들은 준비한 봉투에 쓰레기를 담아낸 뒤, 촛불을 들고 질서정연하게 청와대를 향해 행진했다. 이렇게 선량한 시민들이 할 일이 없어 왔을까. 지인과 만남을 뒤로하고 따뜻한 방에서 가족과의 즐거운 대화를 미루며 아직은 바람이 찬데 수많은 사람이 광장으로 나왔다. 국민의 주권을 최순실에게 넘겨버린 무능한 통치자를 심판하러 사람들이 구름처럼 모였다. "모든 권력은 국민으로부터 나온다." 목청껏 외치는 소리가 대기권을 뚫고 별까지 닿을 듯하다.

광화문 광장에 붉은 강물이 출렁인다. 참을 수 없는 의분이 활화산처럼 솟구쳐 올라 용암이 흐르듯 굽이친다. 작은 물방울이 모여 강물이 되듯이, 하나하나 정의의 촛불이 모여 빛의 물결로 퍼져 세상이 환해졌으면…….

추위를 주머니에 넣고 손에 손에 촛불을 들고서, 조국의 미래를 찬란하게 밝히려 수많은 불빛이 어둠을 밀어내고 있다.

(2017. 2. 25.)

코스모스에서 온 그대

별이 떨어진다. 요즘 보기 드문 별똥별이 능선 너머로 사라진다. 골짜기 어디쯤에서 운석 조각이라도 찾을 수 있을까. 시골집에 들러 저녁밥을 먹고 냇물을 따라 걸었다. 밤하늘에 별들이 강물처럼 흐른다. 도심에선 보이지 않던 은하수 언저리로 북두칠성이 유난히 반짝거린다. 작은 별 하나는 어린 왕자가 굴뚝 청소를 하는지 푸르스름한 운무에 싸여 있다. 저 별들은 언제부터 존재하던 행성일까?

얼마 전 〈인터스텔라〉 영화를 본 여운이 남아서인지 별들이 떠 있는 밤하늘을 자주 올려다본다. 영화의 배경은 황폐화된 미래다. 인류가 저지른 환경파괴로 지구는 사막화되어 식량

부족이 심각하다. 가족의 생계를 위해 우주비행사였던 주인공이 트랙터로 옥수수밭을 경작하며 화면이 열린다. 외부적으로는 해체된 나사 우주센터는 살기 힘든 지구를 떠나, 인류를 구하려는 프로젝트를 비밀리에 기획한다. 그 임무가 주인공에게 주어진다. 사랑하는 가족을 뒤로한 채 인류라는 더 큰 가족을 위해 우주비행 팀은 희망을 찾아 새로운 은하를 찾아 떠난다. 인류를 구하기 위해 목숨을 걸고 우주를 탐험하는 주인공 쿠퍼는 지구인이 아닌 우주인처럼 보였다.

물론 영화 속의 일이지만 실제로 우주를 연구하고 지구의 미래를 걱정하는 과학자들이 많다. 『코스모스』의 저자 '칼 세이건'도 그중 한 사람이다. 〈인터스텔라〉 영화를 본 뒤 베일에 싸인 우주에 대해 좀 더 알아보려고, 책꽂이에서 한숨 자는 두꺼운 『코스모스』 책을 꺼냈다. 며칠 동안 활자로 된 타임머신을 타고 우주를 샅샅이 뒤지고 다녔다.

코스모스는 질서와 조화를 이룬 우주다. 코스모스 대부분은 텅 빈 공간이다. 은하는 기체와 티끌과 별로 이루어져 있다. 우주에는 은하가 대략 천억 개가 있다. 우리 은하와 비슷하고 가까이 있는 외부 은하는 250만 광년의 안드로메다로 바람개비 모양을 하고 있다. 상상 속의 안드로메다를 허블망원경으로 찍은 사진은 가히 환상적이다. 일억 개의 별이 쏟아지는 밤하늘을 상상해 보면 그림이 그려지리라. 그 은하에 지구인이 갈 수 있는 날이 올 수 있을까? 생명이 사는 행성이 있기나 한 건지 짐작조차 할 수 없다. 수많은 은하 중에 생명체가 서식하는 행성은 아직은 지구 하나밖에 없다.

지구는 광대한 우주에 떠다니는 티끌에 불과하다. 인류는 영원의 시공간에 파묻힌 하나의 점인 지구를 보금자리 삼아 살고 있다. 우주의 나이는 대략 150억 년 정도 되었다고 한다. 대폭발 또는 빅뱅이라 불리는 시점부터 계산한 나이다. 지구는 대폭발로부터 긴 세월 뒤 생겨났다. 지구를 탄생시킨 코스모스는 처음에 어떤 모습이었을까?

태초의 우주 공간에 대폭발이 있었다. 그 뒤 코스모스에는 칠흑의 심연, 텅 빈 공간을 빅뱅으로 생겨난 수소 원자들만 떠돌았다. 우주에 떠다니던 가장 가벼운 수소가 타고 남은 재에서 무거운 원소들이 합성되었다. 그 기체가 응집되어 별들의 생성이 거듭되면서 태양은 오십억 년 전쯤 암흑 성간운에 탄생했다. 우주 어디를 보든지 존재하는 물질은 99%가 수소와 헬륨이다. 태양은 이 원소들로 구성된 고온의 기체 덩어리다. 태양의 중심에는 수소를 헬륨으로 변환시키는 핵융합반응을 일으키는 용광로가 있다. 태양은 생산되는 에너지와 광도가 같도록 스스로 조절하여, 태양계를 두루 비추는 빛의 원천 역할을 한다. 밤하늘에 총총히 빛나는 별빛도 그 내부에서 핵융합반응이 이루어지고 있기 때문이다. 그냥 빛나는 줄 알았던 별들이 스스로 핵반응을 일으켜 반짝일 줄이야…….

수많은 별 중에서 성간 안개의 한 귀퉁이에서 돌과 철로 된 작은 행성이 45억 년 전쯤 탄생했다. 그것이 바로 원시 지구다. 지구는 얼었다 녹기를 계속하면서 내부에 갇혀있던 수증기, 질소, 메탄 등의 기체를 외부로 방출하였다. 그때 생긴 원시대기와 최초의 바다가 지표를 둘러쌌다. 그리고 태양광선이 원시 지구를 비췄다.

원시 지구를 태양이 덥히면서 폭풍이 일고 화산이 터져 대기의 구성 분자들이 떨어져나갔다. 그렇게 생겨난 원소들이 바닷물에 녹아 유기분자가 다량으로 만들어지면서 단세포생물이 탄생했다. 그 생물이 차츰 진화하여 광합성으로 자신의 목숨을 유지했다. 아주 작은 형체가 원시 바다의 액체를 그들의 혈관에 넣으면서 영악하고 민첩해져 땅으로 나와 살았다. 수소를 태워 합성한 원소들이 의식을 갖춘 존재로 둔갑한 것이다. 그 후 그들은 빠른 속도로 놀라운 일들을 많이 했다. 글자를 발명하고 도시를 건설하고 과학을 발달시키고 급기야 다른 행성에 우주탐사선을 보냈다. 이러한 업적이 150억 년 우주 역사에서 수소 원자가 이룩해 놓은 기적 같은 일이다.

여기까지 코스모스 이야기가 마치 신화처럼 들렸을 것이다. 이것은 위대한 우주 진화의 대서사시다. 인간은 코스모스의 수소에서 시작하여 구조가 복잡한 지금의 사람으로 변신한 것이다. 그러므로 인류는 우주가 만들어낸 위대한 창조물이다. 우리는 코스모스에서 온 것이다.

인간은 수명이 짧아서인지 사후에도 천국과 지옥이라는 상상 속의 세상을 만들어 생이 이어지길 바란다. 과연 우리 태양계에 천국과 지옥이 존재할까. "서산머리에 하늘은 구름을 벗어나고 산뜻한 초사흘 달이, 별과 함께 나오더라"는 노랫말처럼. 초저녁 서쪽 하늘에 새초롬하게 빛나는 별을 바라보면 왠지 시 한 수가 떠오를 듯하다. 시인들이 찬미한 그 샛별은 지구에서 가장 가까운 금성이다. 금성은 불투명한 대기층 때문에 늘 신비의 별로 남아 있다. 그런데 베네라 무인우주선이 최초로 두꺼운 구름층을 통과해서 표면에 착륙해 보니 금성은 타는 듯한 섭씨 460도 정도였다. 그곳의 대기는 거의 이산화탄소다. 구름은 농축된 황산 용액이어서 항상 황산 비가 내리고 상층에는 유황 안개가 흐른다. 초저녁에 초롱초롱 빛나던 그 별의 실체는 사람의 환상을 일시에 무너뜨렸다. 금성의 사방은 등골이 오싹할 정도의 붉은색으로 우리가 막연히 생각하는 유황불이 타는 지옥이다. 수성과 금성은 너무 덥고 지구와 닮은 화성은 평균 영하 50도로 추운 날씨에다 대기도 대부분 이산화탄소다. 목성과 토성은 연중 혹한과 가스체 행성으로 높은 기압과 회오리바람으로 생명이 살 수 없다. 이러한 행성들과 비교하면 상대적으로 지구는 천국의 땅이라 아니 할 수 없다.

지구는 푸른 질소의 하늘이 있고 바다와 숲이 있다. 지구는 생명이 약동하는 아름다운 행성이다. 파란 별 지구가 영원한 낙원의 땅으로 존재할 수 있을까? 오늘날 석탄과 석유를 연료로 사용하면서 이산화탄소와 황산 가스가 발생하여, 지구 성층권에도 조금씩 황산 안개층이 형성되어 가고 있다고 한다. 사람은 자신이 지구인임을 망각한 채 공기를 오염시키고 숲을 제거함으로써 지표면 온도를 점점 높이고 있다. 인류의 오만과 어리석음으로 지구는 차츰 병들어 가고 있다. 지구별 나이에 비하면 찰나를 살아온 인간의 탐욕으로 지구는 휘청거린다. 〈인터스텔라〉 영화 첫 장면처럼 대지의 황폐화로 농사지을 땅이 점점 줄어들고 있다.

오늘날 우리는 우주탐사선 보이저 1호를 우주에 보내 그곳에서 보내온 행성 사진을 통해 코스모스의 실상을 파헤쳐 가고 있다. 이렇게 과학은 우주를 향해 나아가는데, 나라와 종교 간 갈등으로 핵무기 개발과 분쟁이 발생하고 무분별한 개발로 대자연이 파괴되어 가고 있다. 인류는 편리성과 문명발달만 추구하다가 점점 퇴락의 늪 속으로 걸어 들어가고 있는지도 모른다.

지구는 무한우주에서 보면 매우 작아서 쥐면 부서질 것 같은 창백한 행성이다. 이 조그만 푸른 별을 우리는 좀 더 소중히 다루어야 하리라. 오래전 코스모스 한 귀퉁이서 지구가 생성되고 수소 원자로 시작한 인류. 오스트랄로피테쿠스 원시인에서 삼백만 년 가까이 진화를 거듭하면서 오늘의 영특한 인간이 되었다. 사람은 대자연과 더불어 코스모스 일부다. 인류가 아무리 우수하다 해도 지구를 떠나서는 존재하기 어렵다. 앞으로 대략 오십억 년 뒤쯤, 우주의 팽창으로 태양계의 행성들이 태양으로 빨려 들어갈 것이라고 천문학자들은 예상한다. 그 꿈 같은 먼 미래에는 우리 후손들은 시공을 초월한 우주선을 타고 새로운 행성을 찾아 떠날지도 모른다. 먼 후일 지구가 소멸 할지라도. 지구별이 오래도록 푸르게 빛날 수 있게, 초록의 나무를 나는 마당에 심고 가꾸리라.

하늘에서 유황 비가 내리고 세상이 온통 붉은 빛이다. 가마솥 같은 사막을 걸어가다 허우적거리며 눈을 떴다. 꿈인지 생시인지 분간이 가지 않아 창문을 열었다. 감나무 가지로 참새가 날아든다. 천상의 뜨락이다. 『코스모스』 책을 읽다 까무룩 잠이 들었나 보다. 황산 비가 내리는 금성 같은 지옥에서 눈을 뜨지 않음이 얼마나 다행인가. 꽃피고 새우는 이 땅에 사는 것을 감사할 따름이다. 철쭉꽃 위로 흰나비 한 마리가 하늘하늘 날갯짓한다. 생명이 숨 쉬는 이 땅이 바로 천국이라는 듯이.

달궁에 빠지다

어스름 구름 사이로 달이 얼굴을 내미는가 싶더니 서산마루에
걸렸다. 새벽공기를 가르고 계곡 물에 세수하였다. 청아한 기운이
가슴까지 흘러내린다. 밤안개에 묻어온 운해는 산봉우리를
가리며 하늘과 경계를 지운다. 검푸른 능선 자락이 점점 뚜렷이
다가온다. 태양이 대지를 정복하기 전에 계곡 탐사 길에 나섰다.
　　어제 지리산에 텐트를 펼쳐 집 한 칸 뚝딱 지었다. 해거름에
근처 골짜기로 내려가 여울물에 발을 담그니 한낮의 더위가
단숨에 녹아내렸다. 징검 돌에 앉아 저녁놀에 일렁이는 물을 고즈
넉이 바라보았다. 산굽이를 따라 이어진 계곡 물의 끄트머리는
어디쯤일까. 시선이 미치는 골짜기 언저리는 산그늘에 가려

보이지 않았다. 텐트에서 잠을 자고 새벽에 눈을 떴다. 지난밤 산책하러 숲길을 나섰으나 어둠에 묻혀 제대로 보지 못한 계곡의 상류를 찾아 걸어갔다.

야영장 샛문으로 난 길로 들어섰다. 어른 키만 한 달맞이에 노란 꽃이 조랑조랑 달려 있고 하얀 망초 꽃이 흐드러진 평지가 나왔다. 산중에 평평한 땅이 잡초로 덮여 있다니 아마도 옛날 분교 자리인가. 의아해하며 풀숲을 헤치고 걸어가는데 오솔길 가장 자리에 표지판이 보였다. 문자중독자라 읽어보았다. '달궁의 유래'가 적혀 있다. 이천 년 전쯤 삼한시대 마한의 효왕이 진한에 쫓겨 이곳에 궁을 지어 살았는데, 높여서 달궁이라 불렸다고 한다. 이곳이 그 선사 유적지 흔적이 조금 남아 있는 곳이라고. 달궁 전설에 걸맞게 오늘 새벽에 먹장구름을 걷어내고 달이 산마루에 걸렸나 보다.

숲길을 벗어나자 산등성이를 휘감던 운무는 아침 햇살에 사라 지고 사방이 깨어난다. 야영장 끝머리에 마을이 보였다. 산속에 묻힌 동네답지 않게 달궁 마을은 제법 컸다. 길가 밭고랑엔 푸성 귀와 고사리가 무성하고 식당과 펜션이 겹겹이 들어서 있다. 계곡 다리 건너에는 농작물과 토종닭을 키우고 있었다. 지리산의 천왕봉, 노고단, 피아골 등 수없이 다녔지만 달궁 계곡에 와서 머물기는 처음이다. 해발이 팔백 미터나 되는 깊은 산중에 이렇게 널찍한 마을이 숨어 있을 줄이야.

동네가 골짜기를 끼고 길게 이어져 있다. 나무 사이로 보이는 계곡물은 어찌나 맑은지 둔덕 위에서도 바닥의 자갈이 훤히 보였다. 어느 곳은 암반을 깊게 팬 골을 따라 물이 흘러가다 낭떠러지를 만나 폭포수가 되어 쏟아졌다. 그 아래 생긴 소는 담청색으로 깊이를 알 수 없다. 산모퉁이를 돌아 콸콸 흐르는 골짜기 물은 굽이굽이 지나는 곳마다 맑은 물을 선사한다. 사시사철 가뭄에도 끊이지 않고 흐르는 물과 산봉우리가 병풍처럼 둘러쳐진 천애의 요새 같은 달궁 마을.

문득 조정래 소설 『태백산맥』의 주인공 하대치가 떠올랐다. 그는 빨치산행동대원으로 쫓겨 다니다 동지들을 규합하여 지리산속으로 숨어든다. 그들은 이곳 달궁에 도착하자마자 한여름 행군으로 땀범벅이 된 몸을 계곡 물에 뛰어들어 씻으며 즐거워한다. 지친 그들이 한때나마 쉬어가기 딱 좋은 달궁 마을이 아니었을까. 수많은 산줄기와 풍부한 골짜기 물을 품고 있는 넉넉한 지리산. 마한의 왕이나 쫓기는 빨치산이나 그 누구라도 산자락에 품어 시원한 물을 고루 나누어 주었으리. 지리산은 언제라도 삶이 고단한 사람들을 어머니처럼 포근히 감싸줄 것이다.

비탈진 산길을 따라 계곡은 한없이 이어졌다. 달궁 끝머리에 샛길이 보여 골짜기로 내려갔다. 바위에 앉아 널따란 암반 위를 흐르는 계곡 물을 바라봤다. 유리알 같은 물은 깊이에 따라 연두와 초록의 물빛, 골짜기의 우거진 나무들이 투영되어 물속은 청록의 나무숲으로 일렁거린다. 건너편에 기이한 반석은 백악기 암석인지 눈이 시리도록 하얗다. 그 너머 절벽에는 등 굽은 소나무 한 그루가 하늘 향해 버티고 서 있다. 산에서 자라는 생명은 주어진 환경에 적응하며 묵묵히 살아간다.

한참을 앉았다가 일어서는데 눈앞에 휘늘어진 다래 넝쿨이 앙증맞은 파란 열매를 달고 내 시선을 끌어당긴다. 젊은 날, 무주에 살 때 다래나무 새순을 따다 삶아서 나물을 해먹었다. 알싸하고 독특한 그 맛은 지금도 잊을 수 없다. 그 시절 배낭을 메고 뒷산에서 고사리와 취나물을 꺾으며 하루해를 보낸 적도 있었다. 분교 뒤로 흐르는 개울에서 가재를 잡고 자연과 동화되어 깊은 산골에서 십 년 넘게 살아서일까. 나는 산마을이 내 고향처럼 정겹다. 푸른 숲에 둘러싸인 계곡 물만 보면 무장 해제된 채 멍하니 앉아 있길 좋아한다.

언덕배기에 올라서자 산딸기가 새각시처럼 수줍게 숨어있다. 가시넝쿨을 제치고 진자주색으로 농익은 산딸기를 따서 남편이 입에 넣어 준다. 언제나 나를 먼저 챙겨주는 오라비 같은 사람. 아직도 콩깍지가 씌었을까. 나를 감싸는 애틋한 정이 푸릇하다.

캠프장으로 돌아가는 길에 홀로 흔들리는 은사시나무를 보았다.

"흉흉하게 들려오는 세상의 소리에 나는 어둠 속에서 먼저 떨었던 것이다."라는 어느 시인의 시구가 떠오른다. 세상의 작은 소리에도 흔들리며 살아가는 현대인이라면 누구나 스트레스에 자유로울 수 없다. 한시름 내려놓고 산속에 들면 세속의 번뇌 아득히 멀어지고 초록에 물들어 마음이 고요해지지 않을까. 길가 산죽 가지에 물잠자리 한 마리가 미동도 없이 앉아 있다.

땅거미가 그물을 드리울 때 텐트 속으로 들어갔다. 도시는 연일 불볕더위에 녹아드는데 골바람이 산들산들 불어온다. 자리를 펴고 누웠다. 투명한 모기장 문을 통해 하늘이 들어오고 갈맷빛 능선도 따라온다.

어디선가 들려오는 소쩍새 울음소리는 무주 산골짝 밤이 연상되고, 중천에 떠 있는 이지러진 달은 구름 속을 들랑거린다. 감청색 하늘가로 하나둘 보이는 별을 헤다 나는 달궁 속으로 빠져들었다.

우렁이

어느 숲 속이다. 낙엽이 지천으로 쌓여있었다.

"내가 왜 이곳에서 잠이 들었지? 얼른 집에 가야지."

발이 푹푹 빠지는 낙엽 위를 걸었다. 걸음을 재촉하는데 먼발
치서 엄마가 잰걸음으로 다가왔다.

"니가 하도 안 오길래 내가 돗자리 들고 왔다. 편히 자라고."

엄마 손을 잡으려다 퍼뜩 잠에서 깼다. 오늘따라 너무도 선명한
어머니 얼굴. 얼마나 보고 싶은 엄마였던가. 손도 잡지 못하고
꿈에서 깬 것이 못내 아쉬웠다. 꿈속에서도 나를 위해 돗자리를
들고 오신 엄마. 그 이름만 불러도 가슴이 먹먹해지고 그리움이
묻어난다. 언니 하나를 위로 두고 늦게 막내로 둔 나를 어머니는

애지중지하셨다. 열 살이 다 되도록 동네 마실을 갈 때는 나를 업고 다녔다. 밤하늘의 별을 하나둘 세며 꾸벅꾸벅 졸던 엄마의 등은 얼마나 포근했는지 모른다.

내가 어렸을 때는 집에 수도가 없어 빨래하러 전주천으로 갔다. 나도 어머니를 따라갔다. 냇가에서 신나게 놀 생각에 나는 마냥 좋았다. 어머니가 빨래하는 동안 물속을 들락날락하며 미역을 감았다. 심심하면 냇물에서 다슬기를 잡으며 놀았다. 자갈돌이 넓게 깔린 냇가로 떡장수가 지나가면 어머니가 어쩌다 사주는 반달 떡은 꿀맛이었다.

어머니는 회색빛 옥양목 이불보를 비비고 두드려 빨아 자갈돌 위에 널었다. 함지박 가득한 빨래를 하며, 똑딱똑딱 방망이질에 어머니 시름을 실어 보냈을까. 방가로 빵집의 빨래품을 하는 날이면 그 가게에서 남은 빵을 덤으로 가져왔다. 입안에서 사르르 녹는 그 빵 맛은 새로운 달콤함이었다. 엄마의 손에 물집이 생겼다가 껍질이 벗겨지는 줄도 모르고 나는 엄마가 빵집에 가는 날이 좋았다. 달달한 맛에 끌려 어머니의 고단함은 생각조차 못하는 철부지였다.

해가 설핏하면 빨랫감이 가득한 함지박을 머리에 이고 어머니는 일어나셨다. 무거운 짐도 가벼운 듯 환한 웃음 머금고 내 손을 잡고 집으로 향했다. 언덕길을 가다가도 "엄마, 배고파." 하는 내 말에 잠시 함지박을 내려놓고 향교 뒷담에 피어 있는 찔레 순을 따서 주셨다. 그 상큼한 맛을 잊을 수 없어 지금도 찔레를 보면 순을 따서 먹어 본다. 집에 가려면 오목대 옆 긴 철교를 건너야 했다. 언제 기차가 올지 모르는 철다리를 어머니는 무서운 줄도 모르고 당차게 건너가셨다. 무거운 함지박 머리에 이고 험한 세상 다리가 되어주신 어머니.

한여름 시골집 앞에 있는 논을 지나다 보면 물꼬를 낸 도랑에서 우렁이를 볼 수 있다. 얼마 전까지만 해도 농약을 많이 주어 사라지는 듯했다. 요즘은 농약을 별로 치지 않아서인지 논에서 우렁이가 가끔 눈에 띈다. 속이 찬 우렁이도 있고 둥둥 떠다니는 빈 껍데기도 보인다. 우렁이는 몸 안에 알을 품는다. 새끼들은 다 자라날 때까지 어미 몸에 붙어 살을 뜯어 먹으며 성장한다. 새끼에게 모든 것 다 내주고 간 어미 우렁이. 녹갈색 빈 껍데기만 남아 벼 포기 사이를 정처 없이 떠다닌다. 우렁이가 새끼들 키우느라 자기 속을 다 먹이고 빈껍데기만 남듯이, 어머니도 그렇게 자신의 속을 비워가며 자식을 키워냈다.

꿈에 본 어머니! 오늘따라 한복 입은 엄마가 왜 이리 보고 싶을까. 시집간 뒤 어쩌다 친정에 가면 대문 앞에 서성이다가 "아이쿠, 내 딸 왔구나." 손뼉까지 치며 반겨 주시던 어머니. 내가 좋아하는 음식을 장만해 놓고 당신은 바라만 봐도 배부른 듯

"어서 먹어라." 하며 맛있는 것은 내 앞으로 밀어놓았다. 떠날 때는 못내 아쉬워 골목 어귀까지 따라 나오며 손짓하던 그 모습. 가다가 뒤돌아보면 그 자리에 그냥 서 계시던 어머니를 언제 다시 볼 수 있을까.

이 세상에 나를 그리 다정하게 맞아주었던 어머니는 돌아올 길 없는 먼 길을 떠나셨다. 아침까지 정정하시던 어머니가 갑자기 쓰러져 미처 손 써 볼 겨를도 없이 눈을 감으셨다. 삶에 미련도 없이 바쁘게 가셨다. 마지막 순간까지 나만 생각하셨나 보다. 행여 딸이 힘들까 봐 하루도 병간호 받지 않고 서둘러 가셨다. 우렁이처럼 자식을 위해 속을 다 비우고 빈 껍질만 남긴 채 바람처럼 사라져간 어머니.

올가을 우리 집 마당에 감이 유난히 주렁주렁 열렸다. 주홍색 감을 보면 유달리 감을 좋아하던 어머니가 생각난다. 문득 옛시조 한 구절이 떠오른다. "반 중 조홍감이 고아도 보이 나다/ 품어가 반길 이 없을 세 글로 설워하나이다." 어머니가 그리도 좋아하던 감을 해마다 대소쿠리에 가득 따건만. 품어가 반길 어머니는 안 계신다. 언니에게 감을 대신 보내며 그리움을 달랜다.

바람이 창가에 윙윙거린다. 까치밥으로 남긴 겉마른 홍시가 우렁이 빈껍데기처럼, 우듬지에 매달려 바람결에 흔들린다.

보이지 않는 길

　별일 없는 날엔 동네 오솔길을 걷는다. 차도를 건너 굽이진 길을 오르면 길섶에 풀꽃이 피어 있고 소나무 내음이 코끝에 스친다. 한 굽이 돌았을 뿐인데 길 저편의 소음을 밀어낸 한적한 곳이다. 세상의 번잡함을 단번에 삼켜버리는 도심 속에 섬 같은 공원길이다.

　집 가까이에 작은 동산을 끼고 있는 공원이 있어 남편과 자주 간다. 조금 돌아가더라도 편안한 그 길을 우리는 좋아한다. 그날도 그이가 오면 공원으로 산책하러 갈까 생각하며 밥상을 준비하고 있었다. 남편이 저녁에 들어오며 갑자기 입원 준비를 하란다. 아침에 평소처럼 출근했던 사람이 느닷없이 병원이라니…….

그가 요사이 오목가슴이 쿡쿡 쑤신다 했다. 진찰해 보니 췌장에 염증이 생겼는데 밥을 굶어야 낫는 병이라 입원해야 한단다. 병실에서 며칠 링거를 맞고 증세가 좋아지는가 싶었다. 한데 담당 의사가 영상을 세세히 판독하더니, 큰 병원에서 정밀검사를 받아 보라고 했다. 가슴이 쿵 하고 내려앉았다. 종합병원에서 온갖 검사결과, 췌장염 재발과 암을 예방하려면 수술하라고 했다. 내가 잔병치레로 병원을 들락거렸지 남편은 무병하여 건강을 걱정한 적이 별로 없었는데…….

어느 날 불쑥 남편을 찾아온 불청객 췌장염. 췌장은 인슐린이 나오는 곳이라 수술 뒤 당뇨병이 올 수도 있다. 그냥 있자니 더 큰 병이 올지도 모르고 수술하자니 후유증을 염려해야 했다. 길이 보이지 않아 그믐칠야처럼 느껴졌다. 혹시나 좋은 치료법이 있을까 희망을 걸고 S대학병원으로 갔다. 그곳에서도 역시 약물치료보다는 수술을 권했다. 어쩔 수 없이 후유증을 각오하고 수술하기로 했다.

입원하는 날 여행 가방을 들고 서울로 갔다. 지금쯤 아무 일 없었다면 이 캐리어를 들고 여행을 떠났으련만. 남편이 불현듯 병이 나면서 일상이 흔들렸다. 무거운 가방보다 더 힘겨운 가슴을 안고 병원 문을 들어섰다. 입원한 다음 날 아침 수술실로 이동했다. 그 사람의 손을 잡고 힘내라고 말하는 순간 차오르는 눈물을 걷잡을 수 없어 고개를 돌렸다. 유리문 너머로 멀어지는 그이를 보며 기둥 뒤에 하염없이 서 있었다.

장남인 남편은 막내인 나를 마치 어린 누이동생 대하듯 자상하게 챙겨주는 순후한 품성을 지닌 사람이다. 취미생활 한다고 여기저기 다니고 친구들과 여행을 떠나도 언제나 나를 응원해 주었다. 그렇게 든든하던 남편이 홀로 눈감은 채 장장 여섯 시간의 사투를 견뎌야 한다니 가슴이 아려왔다. 누구도 대신할 수 없는 혼자 감당해야 하는 생사의 갈림길. 타들어 가는 마음을 달래며 수술이 잘되길 기원하는 것밖에 그 사람을 도울 길이 없었다.

수술이 끝나자마자 중환자실로 달려갔다. 혼수상태인 그가 나를 애타게 찾는 모습을 생각하며 침대로 다가갔다.

"어서 와요."

그가 말했다. 내 예상을 뒤집고 그 사람은 이미 깨어 있었다. 드라마와 현실은 다른가 보다. 남편이 입을 여는 순간 살았다는 안도의 한숨이 절로 나왔다. 행여 잘못될까 그토록 노심초사했는데 그이는 어둠의 터널을 뚫고 다시 밝은 빛 속으로 들어섰다.

침대에 누운 그의 몸엔 줄이 주렁주렁 달려 있었다. 얼마나 여러 곳을 자르고 이었으면 수많은 줄이 달려 있을까. 깊은 상처의 고통을 참아내야 하는 남편을 생각하니 안쓰럽기 그지없었다.

그의 몸에 달린 갖가지 줄은 의사들의 손길로 이어놓은 또 다른 생명선이었다. 십이지장과 쓸개를 들어내고 췌장의 반을 잘라 작은창자와 다시 연결한 그 길은 색깔도 다양하였다. 빨간 길, 분홍 길, 투명한 길과 노란 길. 무수한 관을 통해 체액이 흘러 나오고 수액이 들어갔다. 특히 췌장을 자른 선을 이은 관에는 투명한 액체가 끝없이 차오르고 있었다. 췌장은 소화효소가 나오는 곳인데 이토록 많은 췌장액이 나올 줄은 상상도 못 해봤다. 남편은 먹지도 못하는데 반만 남은 췌장이 주인을 살리기 위해 발버둥 치는 모양이 눈물겨웠다.

　인체 내부의 핏줄 총 길이는 지구를 세 바퀴나 돌 수 있다고 한다. 그토록 머나먼 몸 안의 여행길에 장애물이 쌓이고 스트레스를 받으면 병마가 기승을 부리나 보다. 보이는 도로만 다니느라 내 안에 숨어 있는 길은 들여다보지 못했다. 정신없는 내 영혼을 뒤 따라다니느라 몸속 장기들이 얼마나 힘들었을까. 눈에 보이지 않는 몸 안 여러 갈래 길. 행여 기관에 이상이 생겨 경로가 막히면 돌아가기도 하고, 장기는 수술 뒤 상처로 피 흘리면서도 제 할 일을 어김없이 하였다. 생명을 이어주려고 최선을 다하는 모습이 참으로 경이로웠다. 이제 몸에 박힌 옹이를 제거하고 새로운 다리를 놓았으니 그이는 아픔을 밀어내고 홀연히 일어설 것이다.

수술한 지 며칠이 지나자 몸에 달린 줄이 하나둘 없어지고 그의 진통도 차츰 줄어갔다. 회복이 순조로워 생각보다 빨리 퇴원하였다. 수술하러 갈 때는 짐을 메고 산길을 오르듯 힘겨웠으나 집으로 돌아올 때는 숙제를 끝낸 아이처럼 한시름 놓였다. 아들딸이 휴가를 내어 집에 같이 오니 마음에 의지가 되었다. 남편이 입원했을 때도 남매가 번갈아 밤에 병실을 지켰다. 가족이 서로 어려움을 감수하며 정을 나누는 따스함은 심신이 지쳐 있는 나를 푸근히 감싸주었다.

오랜만에 집에 돌아온 나를 보고 우리 집 복슬강아지는 마당을 뛰어다니고, 울안의 나무들은 여름 볕에 초록이 더욱 짙게 창가를 드리웠다. 저녁 식사를 하고 모처럼 동네 길을 둘이서 천천히 걸었다. 태풍 끝에 비가 오고 입추가 지나서인지 바람이 서늘하였다. 종종 다니던 오솔길이 가슴을 설레게 하였다. 수술하기까지 석 달간 병원을 오가며 오죽 시름이 많았던가. 병실을 떠나 집에서 눈뜨고 밥 먹는 단순한 일상이 얼마나 좋은지 예전엔 몰랐다. 항상 곁에 있어 공기처럼 당연한 줄 알았던 남편의 존재감. 그 사람이 건강하여 버팀목으로 곁에 있을 때 지금처럼 평온한 하루가 이어지리라.

물수건으로 남편의 몸을 닦아주었다. 생의 고통을 온몸으로 막아낸 상처의 흔적이 가슴에 전갈모양으로 박제되어 있다.

남편과 아픔을 나누며 봄여름이 지나는 동안 이기심을 슬며시 내려놓고 그이를 섬기려는 마음자리 한 가닥 만들었다. 핼쑥한 그 사람을 위해 세끼 밥상을 챙기다 하루해가 저문다.

　가까운 날에 산을 찾아야겠다. 긴 장마 비에 젖은 습기 찬 가슴 속에 해맑은 산등성이 햇살을 들이고 싶다. 숲 냄새 맡으며 둘이서 걷다가 길섶에 풀꽃을 보며 웃음꽃 피우리라. 그 사람이 환히 미소 짓게.

에덴의 낙원

호숫가에 퍼지는 저녁놀을 바라보며 보트에서 내렸다. 수많은 새가 물가 나뭇가지로 날아들었다. 온종일 먹이를 찾느라 고단한 날개를 쉬려고 둥지로 날아드나 보다. 우리도 케냐 국립공원 동물을 찾아 헤매느라 피곤한 몸을 이끌고 롯지로 들어섰다. 떠도는 여행객을 식당가의 오렌지 불빛이 따스하게 맞아 주었다.

어슴푸레한 달빛을 이고 숙소로 가려는데 호텔안전요원이 랜턴을 들고 앞장섰다. 밤이 되면 하마가 돌아다녀 위험하다고 했다. 야행성인 하마는 밤중에 풀을 찾아 근처 호수에서 이곳으로 나온다고 했다. 우리는 무섭기보다는 야생의 하마를 볼 수 있다는 기대감에 발걸음을 재촉했다. 무리 지어 있는 사람들 너머로 안내원이 전등을 비췄다. 불빛 안으로 하마가 느릿느릿 서성이며 풀을 뜯고 있었다. 잠시 뒤 두 마리가 또 나타났다. 바로 코앞에 있는 야생의 하마가 달려들까 봐 숨소리도 내지 않고 바라보자니 짜릿한 긴장감마저 감돌았다.

산책하려고 새벽에 일어났다. 풀밭에는 어젯밤 하마는 간 곳 없고 공원처럼 넓은 정원엔, 파란색의 날개와 빨간빛 머리를 한 예쁜 새들이 종종거리고 있다. 한참을 걸어 호숫가를 돌아 대추야자가 무성한 곳에 다다랐다. 저만치 기린 두 마리가 머리를 조아리고 나뭇잎을 먹고 있었다. 가까이 가서 기린을 자세히 보니 쌍꺼풀진 눈망울이 사슴처럼 선했다. 만져보고 싶지만 기다란 뒷다리에 차일 것 같아 사진 찍는 걸로 만족해야 했다.

다음 여정을 가려고 차를 기다리며 문득 위를 보니 검정에 하얀 망토를 쓴 콜롬비아 원숭이 수십 마리가 나무를 오르내리고 있었다. 눈만 돌리면 수시로 새로운 동물이 나타나는 이곳은 동물의 천국이다. 기다리던 사파리 차에 오르자 기사 존이 해맑게 웃는다. 벌써 삼 일째 함께 돌아다닌 그는 우리가 무슨 말을 해도 '오우 케이' 하며 친절하다.

케냐 국립공원에서 꼭 보아야 할 빅파이브(Big Five) 동물이 있다. 아무도 감히 범접할 수 없는 용맹한 동물로서 사자, 표범, 코끼리, 버팔로, 코뿔소 다섯 가지를 말한다. 그들을 찾아 마사이

마라 국립공원으로 나아가자 저 멀리 수많은 점이 보였다. 가까이 다가가니 누 떼였다. 수백만 마리가 이동한다더니 어디를 가나 초원에는 누와 얼룩말, 가젤이 셀 수 없이 많았다. 이따금 풀밭엔 멧돼지가 뛰고 버팔로가 늠름하게 서 있었다. 숲을 지날 때 나무 밑으로 이리를 닮은 하이에나가 슬며시 나타났다. 그들은 비굴한 모습으로 눈치를 살피며 풀숲으로 사라져 갔다. 저 멀리 기린이 천천히 다가오고 있다. 들판에서 그들은 무릎을 꿇고 앉기도 하고 서 있었다. 모두 열여섯 마리다. 가까이서 한눈에 수많은 기린을 보다니 이 무슨 행운이란 말인가.

길도 없는 들판을 가로질러 갔다. 누가 갑자기 "표범이다." 외쳤다. 일행 중 시력이 유난히 좋아 언제나 동물을 먼저 발견하는 Y 씨다. 길섶으로 두 마리 표범이 늠름하게 걷고 있었다. 차들이 따라가도 도망치지 않고 당당하게 갔다. 우리는 신이 나서 '레오파드'를 외쳤다. 한데 알고 보니 치타란다. 그 둘은 어찌 그리 비슷한지 치타가 눈 밑에 검은 줄만 없다면 표범과 똑같았다.

마사이마라에서 기필코 사자를 보고야 말겠다는 일념으로 우리는 밀림을 향해 갔다. 말이 밀림이지 동산만 한 곳에 나무들이 듬성듬성 있는 곳이다. 헤싱헤싱한 숲 속에 과연 사자가 있을까? 존에게 "라이언, 라이언!" 합창을 했다. 우리의 의중을 알았는지

존이 무전을 받더니 갑자기 속력을 내며 달려갔다. 잠시 뒤 언덕배기 앞에 차가 멈췄다. 그는 손으로 밀림 속을 가리켰다. 숨을 죽이며 언덕 위를 바라보니 암사자 두 마리가 누워서 잠을 자고 있었다. 근처에는 아기 사자 세 마리가 놀고 있었다. 우리는 사자를 찾았다는 기쁨에 흥분을 감추지 못했다. 조금 큰 아기 사자 한 마리가 우리를 쳐다보았다. 어린 사자지만 눈 하나 깜빡이지 않고 당당하게 우리를 내려다봤다. 그 모습은 '밀림의 왕'이라는 말이 딱 어울렸다. 사자가 오히려 사람구경을 한다. 호기심이 가득 찬 얼굴로 미동도 없이 앉아 있었다. 그 눈빛이 어찌나 귀엽고 사랑스럽던지 모두 넋을 잃고 바라보았다.

들판을 달려 다시 밀림 속으로 가자 차들이 모여 있었다. 나뭇잎 사이로 암사자가 붉은 갈비뼈를 뜯고 있는 모습이 보였다. 차를 당겨 좀 더 앞으로 가니 또 다른 암사자가 꼬리 쪽을 먹고 있었다. 먹이사슬의 강자답게 누 한 마리를 통째로 뜯고 있었다. 동물의 왕국에서 볼 때는 잡아먹히는 초식동물이 안타깝기만 했다. 이곳에 막상 와보니 개체 수가 적은 사자들이 살기 위해서는 어쩔 수 없는 약육강식의 자연 섭리를 이해하게 되었다. 이 세상에 그들도 살아야 완전한 먹이사슬을 이루는 다양한 동물의 세계가 되리라.

다음날은 아침부터 코뿔소를 찾아 나섰다. 중국인들이 몸에 좋다고 마구잡이로 코뿔소를 죽이는 바람에 이제는 야생에서는 보기 힘들다. 보호구역에 두 마리가 살고 있어 그곳을 찾아갔다. 코에 뿔이 나서 생명이 위태로운 코뿔소. 인간의 욕망 때문에 멸종위기를 맞고 있는 코뿔소에게 사람으로서 미안한 생각이 든다. 숲 깊숙이 걸어가자 코뿔소 두 마리가 느릿느릿 돌아다녔다. 유순한 그들은 가까이 다가가도 한가로이 풀만 뜯고 있었다.

소 떼가 천천히 걸어가고 염소가 '메에'거리는 마사이 마을로 들어섰다. 긴 막대기를 든 마사이 전사들이 치렁치렁 몸치장을 하고 폴짝폴짝 춤을 추며 우리를 환영했다. 춤추는 마사이 전사들과 함께 뛰고 어울리며 잠시 원시 속으로 빠져들었다. 어두컴컴한 좁은 흙집에서 문화생활의 편리함을 몰라도 함박웃음 지으며 살아가고 있는 그들이 행복해 보였다. 밀림에서 가까운 마을에서 마사이족은 맹수들과 더불어 자연과 하나 되어 살고 있다. 이곳엔 부도 가난도 없고 초원을 떠도는 바람결에 생명의 신비로움만이 맴돌았다.

야생동물과 사람이 공존하며 살아가는 곳. 아프리카가 아름다운 것은 수많은 동물이 살아 숨쉬기 때문이다. 어디서도 볼 수 없는 수많은 야생동물이 뛰노는 에덴의 낙원. 지금처럼 먼 후일에도 이곳에서 사람들이 원시 지구의 행복감을 누리기를 희원해 본다.

무생물의 반란

　아침부터 잔소리가 심하다. 주방에서 국을 끓이느라 들은 척도 않는 나에게 자기 말 좀 들어 달라고 앙탈을 부린다. 양념을 다 넣고 그 앞으로 가는 사이에도 잠깐을 참지 못하고 또 잔소리다. 자기 방문을 열자 그제야 조용해진다.

　제 말을 듣지 않으면 '삐이삐~' 지속해서 신호를 보내며 사람을 달달 볶으니 어찌 전자레인지 말을 듣지 않을쏘냐. 사람의 잔소리도 듣기 싫은데 이제는 기계까지 나를 닦달한다. 식사하려고 냉장고에서 반찬을 꺼내다 혹여 문이 열려 있으면 "삐리릭삐리릭" 문 닫으라고 재촉한다. '딩동딩동' 세탁기도 덩달아 빨래가 다 되었으니 얼른 꺼내달라고 징징거린다. 시끄러움을 잠재우려면 그들의 명령에 따를 수밖에. 사람이 편하게 살려고 도구를 만들어 놓고 이제는 거꾸로 기계에 복종하며 사는 세상이 되고 말았다. 인간이 부리려고 발명한 도구가 주인이 된 것 같다. 옛날 종이 부자가 되어 훗날 몰락한 주인에게 돈 몇 푼 주고 일 시키며 잔소리 하는 것과 무엇이 다르랴.

전자기계의 명령을 듣지 않으려면 그들을 모두 쫓아내야 한다. 그리하면 당장 생활이 불편해진다. 현대인은 자동차와 수많은 전자제품으로 시간 절약하고 노동을 줄여 편리한 생활을 하고 있다. 반면에 기계의 소음과 공해로 사람의 신경은 점점 예민해져 간다. 예전에 비해 우울증, 분노조절 장애 등이 점점 늘어나는 것도 문명의 이기에 따른 부작용이 아닐까. 과학의 발달로 편하게 살지만, 이대로 가다가는 기계 인간에 의해 사람이 조종당하는 날이 올지도 모른다.

얼마 전 인공지능 알파고와 이세돌의 세기 바둑대결이 있었다. 사람들은 천재바둑 기사 이세돌의 승리를 예상했다. 막상 뚜껑을 열고 보니 알파고가 내리 세 판을 이겼다. 컴퓨터 1,200대의 계산 확률로 만들어낸 인공지능 알파고에게 인간이 밀려나는 것인가? 사람들은 인간의 한계성에 실망하며 4국을 지켜보았다. 이세돌이 중반에 묘수를 놓으면서 알파고는 연산능력이 흔들려 실수를 거듭 하였다. 그 결과 이세돌이 승리를 거두었다. 마지막 대국에서는 이세돌이 다시 근소하게 졌다. 비록 한 판의 인간승리지만 슈퍼 인공지능을 제어할 수 있는 생각하는 뇌를 가졌다는 사실에 사람들은 안도의 한숨을 내쉬었다. 이토록 빠르게 첨단과학이 진화하다가는 공상 영화처럼 인공지능에 사람이 지배당하는 날이 올지도 모른다는 생각에 가슴이 섬뜩해진다.

얼마 전까지만 해도 백 번 듣는 것보다 한번 보는 것, 백문이 불여일견百聞而 不如一見이 제일 믿음이 가는 세상에서 살았다. 이제는 그 말이 옛말이 될 것 같다. 눈에 보이지 않는 컴퓨터가 정보를 알려주고 번개보다 빠르게 계산하는 세상이 되었으니 말이다. 차츰 첨단기구에 일자리를 넘겨주고 사람들은 거리로 내몰려 청년실업이 증가하는 추세다. 편리와 경제논리에 밀려 사람이 기계에 쫓겨 날수야 없지 않은가. 인공지능의 발달이 인류에게 오히려 피해를 준다면 불편해도 과거로 돌아가는 것이 더 행복한 삶이 될지도 모른다.

세상일로 머릿속이 헝클어질 때 나는 산을 찾는다. 계곡에 앉아 쏴아 흐르는 물소리와 초록으로 물든 나무를 바라보면 마음이 편안해진다. 아마도 소음으로 찌든 도시를 벗어나 숲의 청량함을 가슴에 담기 때문이리라. 문명의 이기가 없는 산에 들면 우리가 얼마나 기계의 시끄러운 소리에 묻혀 살고 있는지 느낄 수 있다.

오늘날 사람은 첨단 문명의 혜택을 누리고 있는 반면, 지구는 온갖 잡다한 소리와 공해로 오염되어 가고 있다. 촌각을 다투며 경쟁하느라 개인의 이익을 우선하는 현실과, 자연과 더불어 느릿하게 살아가는 옛날 중 어느 쪽이 삶의 질이 더 좋은지 다시 생각해 볼 일이다. 경제논리로 금수저와 흙수저로 사람의 등급을 저울질하는 이 사회는 감정도 눈물도 없는 그런 인간을 만들고 있는 것 같다. 세기의 바둑대국에서 알파고를 만든 연구원인 동시에 대리인으로 바둑을 두는 아자황 박사는, 장시간 화장실도 가지 않고 무표정한 모습으로 대국했다. 자기가 만든 알파고를 닮은 듯 냉철한 그 사람을 보면서 점점 기계 인간이 되어가는 것 같아 소름이 돋았다. 유인원 오스트랄로피테쿠스가 현대인으로 변화하기까지 삼백만 년의 세월이 걸렸다. 이와 달리 무생물인 인공지능의 진화는 수십 년 만에 무서운 속도로 향상하여, 인간을 편리하게 해주는 반면에 사람을 점점 나약하게 만드는지도 모른다.

인간이 기계와 다른 점은 이성과 감성을 가졌다는 것이다. 스스로 사고할 수 없는 인공도구는 감히 사람의 희로애락은 표현할 수 없다. 인공지능은 새로운 것을 만들 수 없고 누구를 사랑하거나 배려할 줄도 모른다. 아름다운 음악과 환상적인 미술, 사유를 통한 문학작품 등은 지성과 감성을 지닌 사람만이 창작할 수 있다. 최첨단 기구가 나날이 발전해도 창조는 감히 흉내 낼 수 없는 인간의 고유 영역이다.

차를 타고 약속장소로 가려고 내비게이션을 작동시켰다. 지시대로 진입하지 못하면 '유턴입니다. 분기가 계속됩니다.'라는 말을 반복하면서 나를 구박한다. 혹여 신호를 위반하거나 과속하면 기계감식기가 재깍 사진을 찍어 벌과금을 내려 보낸다. 인간이 전자도구의 지시대로 따르지 않았다가는 경제적 손실과 정신적 스트레스를 감수해야 한다. 집 앞에서 깜박하고 자동차 열쇠를 차 속에 놓고 내리자 '꺄오 꺄오.' 난리다. 얼른 차 키를 꺼내오자 그제야 자기 말을 잘 들었다고 조용하다. 무생물의 반란이 시작되었다. 묵묵히 일만 하던 기계들이 이제 인공지능으로 무장하고 인간에게 지시하는 세상이 되었다. 전자기계의 명령을 무시하고 제멋대로 행동했다가는 큰코다치는 세상이 되고 말았다.

　온종일 기계의 소란에 귀가 먹먹하다. 사람만이 창작품을 만들어 내는 우수한 종족이라고 큰소리 쳐봐도 우선 당장 전자기구를 이용하면 편리한 것을 어찌하랴. 잔소리가 듣기 싫다고 편하고 즐겁게 해주는 첨단기기를 버릴 수도 없다. 울며 겨자 먹기로 오늘도 인공지능을 장착한 무생물인 전자도구의 말에 순종하다 하루해가 저문다.

3부
인두

잠결에 뒤척이다 보면 희미한 등불 아래
당신은 한복을 꿰매고 계셨다.

대숲에 부는 바람

오랜만에 보는 할미꽃에 끌려 한참을 굽어보았다. 진자주색 꽃은 부끄러운지 고개 숙인 채 얼굴을 들지 않는다. 옛날엔 흔했지만 지금은 보기 드문 야생화를 가꾸는 도로공사 수목원에 들렀다. 은방울꽃, 엉겅퀴, 골무꽃 등 사라져 가는 우리 꽃을 도시 주변에서 볼 수 있어 외갓집 뒤란을 보듯 정겹다. 들꽃을 한참 보고 있으려니 오월의 햇볕이 머리에 따갑게 내려앉는다.

햇살 오라기를 걷어내려고 가까이 있는 대숲에 들어갔다. 그늘이 깊어 한낮인데도 어둑하다. 서늘한 기운이 온몸에 스며든다. 대나무 이파리가 서걱거리는 소리는 골짜기 물이 흘러가듯 청아하다. 사운거리는 소리와 청량한 기운을 내 안에 쓸어 담았다.

왕대나무 사이로 언뜻 파라솔을 접은 듯한 실루엣이 보였다. 대나무 숲에 우산을 꽂아 놓았나. 깊숙이 들어갈수록 길쭉한 파라솔 모양이 여러 개 나타났다. 가까이 보니 죽순이다. 내 키보다 크고 몸통도 굵다. 갓 움을 틔운 새순이 이렇게 크다니. 얼룩덜룩한 초콜릿색 옷을 입은 외계인 같은 왕대 죽순들 사이에서 나는 난쟁이다.

그냥 쑥쑥 자라는 것 같은 죽순. 모든 나무는 생장점이 나뭇가지 끝에 있다. 대나무만 유독 마디마디에 생장점이 있어 빨리 자란다. 금방 자라는 죽순 같지만 먼저 나온 대나무가 버티고 있는 대밭에서 살기 위해 햇빛을 향해 발돋움했을 것이다. 더 높이 빨리 자라기 위한 죽순의 몸부림이 옹이로 맺혀 마디가 되었는지도 모른다. 칸칸이 막힌 어둠 속에서 설움을 풀어내는 한숨 소리 때문에 땡볕 드는 한낮에도 대숲에 들면 한기가 드나 보다.

나무들은 자라면서 껍질이 갈라지는 아픔을 겪어야 새순이 돋고, 나비는 허물을 벗는 고통 속에 날개를 달고 하늘을 난다. 사람도 성장통을 겪으면서 자란다. 갓난아이가 일어서서 걷기까지 삼천 번 넘어진다고 한다. 성인도 높은 곳을 향해 오르다 떨어지고 부딪쳐 상처 나고 흉터가 생긴다. 땀 흘려 올라가 정상인가 싶어 한숨 자려 하면, 누군가의 등에 떠밀려 다시 넘어지고 구르며 걸어가는 게 인생살이가 아닌가. 삶의 굽이굽이 맺힌 시름이 멍울져 있다가, 생의 길목마다 대나무 마디처럼 옹이로 맺혔으리. 어려서부터 허약한 나는 잔병치레가 잦았다.

기억이 머무는 저 안쪽 낡은 쪽방에 기침하느라 얼굴이 상기된 계집아이가 보인다. 찬바람이 불면 심해지는 기침은 그 아이를 괴롭혔다. 그때는 백일기침이라 하여 그냥 시나브로 나아지리라 생각하고 내버려 두던 시절이었다. 초등학교 6학년 무렵에 반 아이들은 그 애를 피했다. 밭은기침을 해대는 아이를 폐병 환자라고 의심의 눈길을 보내며 같이 도시락 먹기를 꺼렸다. 어린 가슴엔 스산한 바람이 불었다. 그래도 천성이 낙천적인 그 아이는 마음이 따스한 몇 친구의 친절에 외로운 시기를 견뎌냈다. 동네 아낙들은 파리한 그 여자애가 독감에라도 걸려 숨을 헐떡이며 벽에 기대앉아 있으면

"저 애가 명대로 살 수 있을까?"

하며 수군거렸다. 그 말에 어미는 그렇지 않다는 것을 보여 주려는 듯 백방으로 단방약을 찾아 나섰다. 호박에 닭과 지네를 넣어 밤에서 낮까지 불을 지펴, 푹 고아진 약물을 그 애에게 먹였다. 어려운 형편에 병원 입구에는 가보지도 못한 채, 그 애는 애면글면 어머니의 정성으로 목숨을 이어갔다.

천식은 동반자라도 되는 듯 기침은 지치지도 않고 그 애를 따라 다녔다. 몸 안 공기가 통하는 구멍마다 까만 그을음이 쳐져

목구멍에서는 쌕쌕 바람 소리가 흘러나왔다.

내 어린 시절의 지독한 성장통이었다. 심한 날은 숨쉬기가 곤란하여 눕지도 못해 밤에 잠도 이룰 수 없었다. 밤을 하얗게 새운 날엔 여고 시절에도 어머니가 책가방을 이고 학교까지 데려다 주었다. 푸른 날을 번뜩이는 쇳소리로 내 가슴은 녹슬어 갔다. 끊일 줄 모르는 기침 소리는 목울대를 타고 우우 대숲에 부는 바람처럼 나를 흔들어 댔다.

병치레로 잘 먹지를 못해 시누 대처럼 실낱같던 내 모습. 나의 소녀 시절을 돌아보건대, 시도 때도 없이 바람처럼 들락거리는 기관지 천식으로 활짝 피지 못하여 까무잡잡한 얼굴엔 화색이 없었다. 소설 『파데트』에서 여주인공의 어렸을 때처럼, 나는 비루먹은 말같이 볼품없는 말라깽이었다. 그래서 왕대 죽순처럼 체격이 좋은 친구를 보면 부러웠다.

어려서부터 나를 힘들게 하던 그 지긋지긋한 천식은 무주로 직장 발령이 나, 산골에 살게 되면서 슬그머니 사라졌다. 아마도 물 맑고 청량한 공기가 나의 기관지 염증을 깨끗이 정화했나 보다. 지금은 살이 오르면서 얼굴 혈색부터 달라졌다. 어릴 적 모습을 모르는 사람은 내가 매우 건강한 사람이라 여긴다. 비록 왕대 죽순으로 태어나지 못했을지라도 아픔을 견뎌내는 참을성만은 내 몸 마디마디에 새겨져, 세상에 흔들리지 않는 대나무

뿌리로 버티고 서 있는지도 모른다.

초록빛 왕대 나무를 올려다본다. 사람들이 따가운 볕에 시들 거릴 때, 시원한 그늘이 되어주는 대나무처럼. 내 가슴에도 텅 빈 공간 하나 있어 바람이 들락거리면 좋겠다.

틈새

냄비뚜껑이 툭 떨어졌다. 얼른 주워 살펴보았다. 떨어진 충격
으로 꼭지와 나사못이 분리되었다. 주방 바닥에서 꼭지는 찾았
는데 나사못은 보이지 않는다. 내 손에 꼭 맞는 손잡이가 달린
암팡진 그릇이다. 바닥을 손으로 더듬어도 나사못은 간 곳이
없다. 본격적으로 수색에 들어갔다. 이 구석 저 구석 무릎을
끓고 샅샅이 뒤져도 행방이 묘연하다. 귀신이 곡할 노릇이다.
싱크대 틈으로 들어갔나. 토끼 눈을 뜨고 한참을 찾아도 보이지
않았다. 도대체 어디로 사라졌단 말인가?

아무리 봐도 찾을 길 없어 탐색을 포기하고 다른 냄비에 찌개를
끓였다. 수년간 손에 익은 냄비를 나사못 하나를 찾지 못해 사용

할 수 없다니 애통하도다. 뚜껑 위에 남은 냄비 꼭지만 저 홀로 쓸쓸하다. 평소에는 작은 못 하나쯤이야 하고 대수롭지 않게 생각했다. 냄비는 그대로 있는데 나사가 빠져 뚜껑을 손에 들 수 없다. 뚜껑과 꼭지 틈새를 나사가 연결해 줄 때 비로소 냄비뚜껑은 제구실을 한다.

사람과 사람 사이에도 틈새가 있다. 나사처럼 서로의 틈을 이어주는 연결고리가 필요하다. 살다 보면 사람은 누군가와 만나게 된다. 만남을 시작하면서 관계가 형성되어 인연이 생긴다. 수많은 관계 속에서 우리는 살아간다. 인연도 눈에 보이지 않는 끈이 잘 묶여 있으면 시간이 흐를수록 정이 돈독해질 것이요, 줄이 느슨하면 언젠가는 풀려 사이가 멀어질 것이다. 나사처럼 사람 사이에도 연결고리가 없으면 관계는 멀어지리라.

주위를 둘러보면 나사못 같은 사람이 있다. 어떤 공동체든 한두 사람으로 인해 결집이 잘되는 경우를 볼 수 있다. 능력이 탁월해서 일을 도와주거나 심성이 좋아 주변을 편안하게 해주는 사람이 있다. 이들은 사람을 훈훈하게 이어주는 연결 나사 역할을 한다. 어떤 모임이든 처음 만나면 마음이 닫혀 분위기가 어색할 때가 많다. 그때 누군가 유머를 풀어 놓기라도 하면 금방 훈훈해진다. 그리되면 사람들은 긴장의 끈을 풀고 이야기꽃을 피우며 가까워진다. 이렇게 인간의 틈새를 고리로 이어주는 사람이 많을 때 따뜻한 세상이 되리라.

겨울철 문틈으로 들어오는 바람은 황소바람이라 더 춥다. 한겨울 밖에 나갈 때는 옷을 두껍게 입고 마음도 단단히 대비하지만, 생각지 않은 작은 틈새에서 바람이 갑자기 밀려들면 더 춥게 느껴진다. 부부간에도 사소한 일로 말다툼을 한 뒤 상대방이 쳐다보지도 않고 침묵한다면 얼마나 황당한가. 더군다나 서로간에 얽힌 감정도 풀지 않은 채, 문 닫고 딴 방으로 들어가면 둘 사이에 금이 가기 시작한다. 그럴 때 용기 있는 자가 먼저 화해라는 나사못을 들고 틈새를 이으면 부부 사이에 봄바람이 불 것이요, 서로 자존심만 내세워 자기주장만 하거나 긴 시간 묵비권을 행하면 간격이 점점 벌어져 절벽이 될지도 모른다. 사람들은 큰 불행은 서로 용서하고 위로하지만, 사소한 다툼이 도화선이 되어 돌아오지 못할 강을 건너는 부부도 있다.

요즘 황혼 이혼이니 졸혼도 알고 보면 부부간에 미움의 조각이 쌓이고 쌓여, 퇴적암으로 층층이 포개져 절벽이 되었을 것이다. 어느 순간부터 둘 사이에 거리가 벌어지기 시작했는데, 느끼지 못하다가 건널 수 없는 낭떠러지를 눈앞에 보고서야 후회한다. 뒤늦게 건너려 해도 너무 멀어진 절벽을 건너뛰기는 쉽지 않을 것이다. 작은 틈새가 생겼을 때 용서의 나사로 상대의 가슴을 사랑으로 녹이는 부부의 지혜가 필요하지 않을까.

친한 친구 사이에도 어느 날 갑자기 찬바람이 돈다면 상대는 당황하게 된다. 알고 보면 언젠가 둘 사이 금이 생겼는데 미처 깨닫지 못하다가, 삭풍이 불고서야 그 원인이 무엇인지 생각한다. 그때는 이미 틈새가 넓어져 작은 나사못으로는 간극을 이을 수 없을지도 모른다. 친구 사이에 거리가 벌어지면 서로의 간격을 조율할 수 있는 나사못을 찾아야 하지 않을까.

얼마 전 동창 모임에서 여행을 갔다. 오랜만에 만나도 허심탄회하게 이야기하고 웃으며 우리는 금방 친해진다. 학교 때 친했던 주희는 자주 만나지 못하지만, 만날 때마다 어제 본 듯 반가워 지나간 이야기를 나누며 여고 시절로 돌아간다. 그 애는 고향을 떠나 살면서 친하게 지내는 단짝 영이와 모임에 같이 온다. 항상 붙어 다니던 그 둘이 이번에는 따로 다녔다. 내가 슬쩍 물어보니 사소한 일로 맘이 상했다고 한다. 내가 "틈이 더 벌어지기 전에 먼저 손을 내밀어 봐. 둘이 정답게 다니는 모습이 얼마나 보기 좋은데……." 친구는 용기를 내어 영이에게 전화해서 섭섭한 마음을 풀고 다시 옛날처럼 편한 사이가 되었다고 전해왔다.

사람이 친하게 지내다 보면 서로의 단점을 알고 실망도 하고 너무 멀리하면 소원해진다. 겨울에 난롯불은 바짝 가면 옷이 타고 멀리 있으면 따뜻하지 않다. 난로처럼 너무 가까이도 멀지도 않은 관계가 오래가는 사이라 한다. 사람 사이에 거리를 얼마만큼 적당히 유지하느냐에 따라 그 인연도 오래가리라.

　누군가 틈새가 벌어져 고민할 때, 그 사이로 들어가 나사못처럼 서로를 이어 줄 수는 없을까. 비록 눈에 보이지 않을지라도 틈을 푸근하게 이어주는 고리 같은 사람이고 싶다.

삶의 경계 너머

멀리 하얀 대리석 건물이 나타났다. 수백 년의 세월을 묻어 버린 듯, 둥근 지붕과 네 개의 백색첨탑이 햇빛을 받아 순백의 정결함을 뿜어낸다. 한참을 홀린 듯 멍하니 바라보았다.

과연 인도의 시인 타고르가 "영혼의 얼굴에 핀 눈물"이라고 찬탄할 만하다. '타지마할'은 인도 이슬람 제국의 술탄 샤자한이 왕비 마할을 위해 만든 궁이다. 샤자한은 정복전쟁에 함께 다닐 정도로 그녀를 사랑했다. 그런 왕비가 젊은 나이로 세상을 떠나자 그는 이만 명 인력과 천 마리 코끼리를 동원하여, 이십여 년 동안 열정을 쏟아 그녀의 사후 궁전을 지었다.

수로를 따라 길게 늘어선 정원을 지나 타지마할 궁 가까이

다가갔다. 전면에 새겨진 연꽃문양, 기하학적 무늬가 샤자한의 정성인 듯 대리석 곳곳에 스며났다. 수많은 인파를 뚫고 건물 안으로 들어가 그들의 석관을 보았다. 꽃무늬 가림막 사이로 술탄이 '세상에서 가장 아름다운 묘지를 지어주겠다.'고 한 아내와의 약속을 지키고 그 곁에 나란히 누워 있었다. 죽는 날까지 아그라 성의 창을 통해 멀리 타지마할을 지켜보았다는 샤자한의 지극한 사랑. 그들의 사랑은 죽음도 갈라놓지 못하였으리라.

타지마할을 뒤로하고 다음 여정인 '바라나시'를 가려고 기차를 탔다. 긴 의자가 서로 마주 보는 침대칸에 앉았다. 맞은편에 구레나룻이 멋진 남자와 인도 전통의상 '사리'를 입은 젊은 아낙이 미소 지었다. 그 곁에 꼬마 둘이 심심한지 칭얼대며 울었다. 아이를 달래보려고 "엄마 앞에서 짝짜꿍." 노래를 불러주었다. 신통하게도 「짝짜꿍」 동요를 따라 부르고 손뼉 치며 까르르 웃었다. 어린이가 있는 곳은 언제나 울음과 웃음이 함께한다.

우리는 금방 친해져 젊은 부부와 토막 영어로 이야기를 나누었다. 아그라에서 타지마할을 보고 아낙의 친정에 다니러 간단다. 그들의 얼굴엔 끊임없이 웃음이 머물렀다. 그 가족을 바라만 봐도 행복해졌다. 종일 가는 기차여행을 이방인과 웃으며 동행하니 지루한 줄을 몰랐다. 중간역에서 아이들이 「짝짜꿍」 노래를 하며 떠나가자 홀연히 의자 위로 고요가 내려앉는다. 타지마할이 생이 정지된 공간이라면, 아이들과 함께한 기차여행은 생동감이 꿈틀거리는 삶의 모습이 아닐까.

차창 밖으로 밀밭과 평원이 스쳐 간다. 지나는 촌락은 슬레이트와 함석지붕으로 어설프게 지은 집이 많았다. 오래된 우리의 옛 모습을 보는 것 같다. 산은 보이지 않고 이어지는 지평선은 끝이 없다. 기차에서 내린 다음날, 카주라호 사원을 보고 버스로 갈아탔다. 도로가 고르지 않아 종일 덜컹거리며 '바라나시'에 도착했다. 이튿날 어스름을 뚫고 갠지스 강가로 갔다. 나룻배를 타고 강 한가운데 멈췄다. 능선 위로 초승달 같은 햇귀가 보이더니 금방 해가 솟아올랐다. 뱃전에 앉아 점점 환하게 밝아오는 강변을 바라보았다. 주홍과 흰옷을 입은 순례자들 너머로 나팔 소리가 넘나들었다.

강물에 목욕하는 사람이 여기저기 보였다. 히말라야 빙하가 녹아 흐르는 신령스런 갠지스 강물에 몸을 씻으면, 지은 죄가 씻어져 영혼까지 맑아진다고 믿는 인도 사람들. 그래서 수천 리를 걸어서 오는 순례자도 있고 가까운 이들은 매일 온다고 한다. 목욕하는 사람 바로 옆에서 빨래하는 이들은 하층민인 수드라란다. 인도는 계급사회로 상류층 브라만과 크샨트리아, 일반인 웨시아로 나뉜다고. 저 멀리 사위어 가는 장작불은 지난밤 주검을 태운 흔적이다. 갠지스 강물은 아침 햇살에 세상을 훤히 비추며 생과 사의 경계를 지우며 흘러가고 있었다.

해가 기울 무렵 다시 갠지스강에 가려고 버스를 탔다. 갑자기 차가 멈칫하여 창밖으로 고개를 내밀었다. 소 두 마리가 어슬렁거리며 지나간다. 길가 원숭이는 담을 오르락내리락하고 멧돼지 식구는 먹이를 찾아 쓰레기장을 뒤적거린다. 사방에서 오토바이와 차들이 빵빵거려 정신을 못 차릴 지경이다. 더는 앞으로 갈 수 없을 때 자전거로 만든 '릭샤'라는 인력거로 바꿔 탔다. 입을 스카프로 가렸으나 매연 냄새로 숨쉬기가 곤란했다. 소음과 먼지로 뒤엉킨 그곳은 아비규환 지옥을 연상시켰다. 아무리 빵빵거려도 소는 느긋하게 길에서 잠을 자고, 과연 힌두의 나라는 소를 신처럼 섬기고 있나 보다. 아니 살아 있는 생명은 그냥 서로 비집고 엉클어져 살고 있다고나 할까.

혼잡 속에서도 학생들이 우리 보고 웃으며 손 흔들고, 동물과 사람이 어우러져 사는 광경을 한눈에 바라볼 수 있는 바라나시. 이곳이 진정한 삶의 모습일지도 모른다. 도시가 소음과 공해로 혼란스러워도 목숨이 붙어 있는 것은 그냥 사는 그 자체로 만족할 뿐, 더는 아무것도 바라지 않는 것 같다. 동물과 차량이 뒤엉켜 과연 강가에 갈 수 있을지 의문이 들었다. 기우였는지 인력거는 요리조리 빠져나가 우리를 갠지스 강변에 내려놓았다.

새벽에 우리를 태웠던 머리에 힘을 잔뜩 준 멋쟁이 총각이

나룻배에 일행을 태우고 건너편 강가로 갔다. 모래사장에 쳐진 천막 사이로 무언가 무당이 사용하는 듯한 도구가 보이고 언뜻 해골이 보였다. 나는 흠칫 놀라 가이드에게 "해골 모형인가요?" 하고 물었다. "아니, 진짜요." 새삼 소스라쳤다. 한 번도 보지 못한 실물이었기 때문이다. 천막 안 사람들은 불가촉천민으로 갠지스 강가 화장터에서 불을 붙여 주는 일을 하거나 주술을 하는 사람들이란다. 일생 궂은일만 하는 그들이 안쓰러웠다. 하지만 그 사람들은 불평 없이 담담하게 일상을 받아들인다 했다. 갠지스강에는 생사 열반이 공존하고 있었다.

밤에 보는 갠지스강은 좀 더 풍성해 보였다. 강 아래쪽으로 장작불이 군데군데 활활 타오르고 있었다. 가까이 배를 저어가 지켜보았다. 어스름 불빛에 헝겊에 둘둘 만 시체를 강물에 넣고 다시 들추어내 장작불 더미 위에 올려놓는 모습이 보였다. 인도인은 태어나 갠지스강에서 세례를 받고 숨을 거둔 뒤에 화장火葬돼 이 강에 뿌려지는 것을 염원한다. 화장한 재를 갠지스강에 뿌리는 것은 성스러운 강물로, 영혼이 속죄를 받아 윤회에서 벗어나기를 기원하는 의식이라고. 인간으로 사는 것이 얼마나 고통스러웠으면 윤회에서 벗어나고 싶어 했을까. 타오르는 장작불을 보며 죽음이 삶의 경계 너머 가까이 있다는 걸 느꼈다.

해 질 녘부터 강가에서 힌두교인들이 모여 '푸쟈'라고 하는 힌두

의식을 했다. 그들은 매일 갠지스 강변에서 축제처럼 춤추고 노래하며 힌두 신들에게 경배하고 소원을 빈다고 한다. 나룻배에서 내려 강물을 바라보았다. 인간의 주검과 삶을 안고 갠지스 강물이 말없이 흘러간다. 빨래하고 목욕하며 화장도 하는 갠지스 강물은 생각보다 깨끗했다. 불빛에 바닥이 훤히 들여다보였다.

인도인들이 믿는 것처럼 히말라야의 신성한 물이 흘러와 어머니처럼 모든 것을 녹여 정화해 주나 보다. 사람의 죄까지도 말이다. 나도 강물에 손을 씻어 본다.

멍울

도마 두드리는 소리가 들린다. 무 자르는 소리가 더운 날 함석 지붕에 소나기 떨어지듯 경쾌하다. 간 절인 통배추에 나박나박 자른 무를 섞고 쪽파와 마늘, 빨강 고추를 송송 썰어 담그는 백김치는 언제 먹어도 상큼하다. 언니는 우리 집에 오자마자 장을 봐서 밤이 이슥하도록 물김치를 담그고 있다. 빨강, 하양, 녹색이 어우러진 물김치처럼, 생의 굽이마다 각가지 색깔의 우여 곡절을 가슴에 품고 살아온 언니를 생각하면 가슴이 저리다.

언니는 부모님 기일 때마다 산소가 있는 고향에 온다. 친정 피붙이는 언니와 나, 단둘이라서 고향에 사는 내가 제사를 지낸다. 올해도 언니는 어김없이 어머니 기일 전날에 서울서 내려와 음식을 준비하고 있다. 이번에는 밑반찬인 물김치까지 만들어 주느라 부산하다. 지난여름 남편이 서울에 있는 병원에 입원 했을 때도 제비가 새끼 먹이를 물어오듯이, 날마다 반찬을 날라다 끼니를 챙겨줬다. 언니의 지극한 정성은 심신이 지쳐 있는 나를 일으키는 힘이 되었다.

어렸을 적부터 네 살 터울인 언니는 나의 울타리가 되어 주었다. 동네 아이들과 싸우기라도 하면 암팡지게 그들을 닦달했다. 잔병 치레로 허약한 나는 당찬 언니의 그늘에서 소나기를 피해 갈 수 있었다. 어느 날 나의 버팀목이던 언니가 멀리 떠나고 말았다. 어머니께서 서울로 이사 간 지인 집에 언니를 보낸 것이다. 수양딸 삼아 키우고 학교도 보내준다는 말에 솔깃한 어머니. 형편이 어려운 우리 집보다는 그곳이 언니를 더 위하는 길이라 생각 했나 보다. 훌쩍 떠나간 언니의 빈자리로 인해 내 가슴에는 바람 부는 날이 많았다. 친구와 말다툼해도 내 편을 들어줄 방패막이 언니는 곁에 없었다. 외톨이라는 설움에 혼자서 언니를 부르곤 했다.

서울로 간 언니는 크리스마스가 되면 금종이 반짝이는 예쁜 카드와 꽃핀을 보내줬다. 언젠가 소포로 보내준 하얀 레이스 천으로 수놓아진 분홍원피스는 난생처음 입어보는 멋진 옷이 었다. 언니가 서울서 오는 명절날이면 동네 어귀에 나가 목이 빠지게 발싸심을 하며 기다렸다. 저만치 서낭당 사거리를 올라오는 언니 손엔 언제나 선물이 그득했다. 색색의 문화연필과 과자를 들고 동화 속 키다리 아저씨처럼 나타났다. 일찍이 언니의 존재는 나에게 기다리는 설렘과 그리움을 알게 했다.

소녀로 떠난 언니는 내가 여고 때, 아가씨가 되어 홀연히 내 곁으로 다시 돌아왔다. 언니를 데려간 사람이 약속대로 공부를 시켜주지 않아 어머니가 데리고 왔다. 고향으로 돌아온 언니는 취직하여 어머니 홀로 꾸려가던 생계를 도왔다. 옷 만드는 곳에 다니던 언니는 늦은 밤 모래알처럼 물기 없는 얼굴로 들어와 한숨 자고 새벽에 나갔다. 그래도 묵묵히 일하여 생활비는 물론 그 시절 선망의 대상인 텔레비전까지 사서 즐거움을 집안에 들여놓았다. 삶의 굽이마다 언니는 나의 등대지기였다. 어머니와 언니의 뒷바라지로 학교를 졸업하고 나는 직장에 발을 디뎠다. 그제야 언니는 집안 걱정을 잊고 결혼하여 서울로 갔다.

나도 가정을 이루어 삶이 안정되자, 아이들과 서울구경 겸 언니네 집에 가끔 다니러 갔다. 언니는 단칸셋방에 살았다. 내 눈에 비치는 그 방은 어릴 때 조각 집에서 살던 그때 그 모습이었다. 어느 여름날 들렀을 때는 창문도 없는 그 방이 너무 더워 골목을 돌아다니다 새벽녘에야 잠이 들었다. 그 다음 날 집주인은 세를 올려 달라고 전화를 했다. 손 흔들며 배웅하는 언니를 두고서 기차를 타고 내려오는 내 가슴엔 슬픔이 멍울되어 차올랐다.

언니는 형부와 같이 잡화상을 하며 알뜰히 살았다. 생활비를 줄이려고 끼니는 도시락을 싸가고 집과 상점을 걸어 다니며 시내 버스비마저 아꼈다. 형부가 허리디스크로 병원에 입원했을 때는 혼자 모든 일을 해냈다. 어린 조카들 거두며 가게 보는 일과 병간호까지 밤잠을 쫓아가며 도맡아 했다. 언니의 지극 정성으로 형부는 건강을 되찾았다. 나는 지방에 살고 직장에 다닌다는 핑계로 병문안만 갔다. 고달픈 언니를 도와주지 못해 마음만 안타까울 뿐이었다. 돌이켜 생각해봐도 그 무거운 등짐을 지고 혼자 어찌 갈 수 있었을까?

바위틈에 서 있는 등 굽은 소나무처럼, 척박한 돌덩이 틈에 태어나 물 한 방울, 햇살 한 오라기 얻으려 허리 펴고 살지 못한 언니. 대지 위에 뿌리내리려 바람이 불면 온몸으로 버티고 돌덩이를 만나면 껴안고 견뎌냈으리라. 언니 손에 박힌 옹이는 갖은 풍상 지켜낸 흔적이 아닐까. 그토록 안간힘을 다해 살았건만 언니가 맘 놓고 살 집 한 칸 없다니…….

그 옛날 어쩔 수 없이 헤어져 살아야 했던 언니. 이제 편안하게 지낼 둥지를 마련해야 할 텐데. 그 일은 내가 풀어야 할 숙제처럼 마음에 걸렸다. 우리 집에서 함께 살던 어머니는 세월의 무게를 이기지 못해 아흔을 앞두고 갈바람 따라 먼 길을 떠나셨다. 어머니는 간 곳 없고 낡은 집만 남겨졌다. 오래도록 심중에 남아 있는 과제를 해결하려고 그 집을 팔았다. 어머니의 곡진한 삶이 스며든 집값을 들고 언니를 찾았다. 집을 마련하는 데 쓰라고 어머니 유산을 건넸다.

"어머니를 모시지도 않은 내가 어찌 다 받을 수 있겠니."

하며 언니는 한사코 뿌리쳤다.

"언니가 집 장만하는 걸 엄마도 원하실 거야."

하며 언니의 어깨를 감싸 안았다. 언니는 눈시울이 젖어들었다. 어릴 적부터 나를 지켜주던 언니의 사랑에 비하면 작은 정이건만. 가슴이 먹먹하여 우리는 한동안 말을 잃었다.

언니는 어머니 유산을 합하여 가까스로 작은 아파트를 구입했다. 이순을 바라보는 나이에 드디어 보금자리를 마련한 것이다. 생애 처음 자기 집으로 이사 가던 날, 언니의 웃음소리가 창가를 넘나들었다. 가슴에 남아있는 해묵은 숙제를 해낸 홀가분한 기분이었다. 언니가 따뜻하게 지낼 겨울을 생각하니, 가슴을 시리게 하던 멍울도 스르르 녹아내렸다. 색색의 채소가 어우러져 상큼한 물김치 맛을 내듯이. 생의 고비마다 각가지 무늬로 아로새겨진 언니의 삶은 큰 항아리 속, 묵은 장맛처럼 깊은 맛이 스며나리라.

도마 소리가 난타 소리로 들린다. 유리 벽 너머로 들어온 햇살

한 줌으로 집안이 환하다. 어둠을 밀어내고 햇빛 가득한 우리
집에서 두 딸이 종종거리며, 제사 음식을 장만하는 모습을 보면
친정어머니가 얼마나 흐뭇하실까. 부침개를 내놓은 채반에
지나간 일들이 전래동화가 되어 구수한 냄새로 피어난다.

열린 창

아침에 눈을 뜨자 습관처럼 텔레비전을 틀었다. 오늘도 세상은 배가 풍랑을 만난 듯 출렁인다. 국회는 민생보다는 명분 싸움으로 조용할 날이 없고, 수년간 취업이 되지 않자 유서를 써 놓고 청년이 자살했다는 소식이 뉴스 머리에 전해졌다. 괜히 기분이 언짢아 채널을 돌렸다. 밝은 뉴스로 시작하는 날은 언제일까?

인간은 행복을 추구하는 존재다. 아리스토텔레스는 행복이야말로 그 자체가 목적이 되는 최고의 선이라고 말했다. 우리는 누구나 행복한 세상을 꿈꾸며 살아간다. 혹여 내 삶이 평안해도 공동체 사람들이 힘들고 불행하면 왠지 마음이 울적해진다. 사람은 혼자서 행복해질 수 없는 사회적 동물이기 때문이다. 우리

국민 총생산은 세계 11위로 경제 강국이 되었건만. 하루 평균 사십 명이나 자살하는 현실은 국민이 결코 행복하다고 볼 수 없는 것이 오늘의 현주소다. 그 이유는 소통에 문제가 있기 때문이 아닐까. 가족 간의 대화, 공동체간의 협력, 통치자와 국민 간의 소통에 문제가 있는 것이다.

정치인은 국민의 신뢰도가 낮다고 한다. 그들은 권력을 손에 쥔 뒤에는 자신들의 야망을 좇아 불나방처럼 날아다니느라 국민을 돌아볼 겨를이 없다. 위정자가 약속을 지키고 국민을 위해 선정을 폈다면, 지금처럼 사회 갈등과 불평등으로 날마다 언짢은 뉴스를 듣지 않으련만. 생존에 필요한 경제력은 옛날보다 백배는 좋아 졌다. 이제 권력자들이 중용中庸을 지켜 나라만 잘 다스려 준다면, 우리는 선진문화국으로 발돋움할 텐데…….

'지식경영'을 지도자들이 일찍이 실행했다면 오늘날 살기 좋은 세상이 되었을지도 모른다. 조선의 국가운영이 매일 임금과 신하가 '경연'을 하였다. 정책을 토론하는 경연이 바로 소통하는 정치, 지식경영체제였다. 조선의 성공한 두 임금인 세종과 정조는 '지식경영'에 앞장섰던 군주다. 둘의 특징은 방대한 독서가라는 점이다. 정조는 말단 벼슬아치인 이가환과 장시간 단독 토론하여 국책에 반영할 정도로 군신 간에 소통정치를 하였다. 수원 화성을 지을 때도 정조가 스위스 과학자 요한네스가 쓴 『기기도설』이라는 책을 먼저 읽고 정약용에게 하사하였다. 그 원리를 응용하여 정약용은 기중기를 만들어 성을 쌓아 예산을 절감하였다.

정조는 규장각을 설치하여 스스로 국조보감, 문집 등 180여 권의 책을 발간하였다. 이때가 세종 이후 최고의 문예 부흥 시기다. 그는 박제가와 유득공 등 서얼을 뽑아 관리로 임용하고, 공노비를 해방하는 등 사람을 평등하게 대하는 인본주의를 실천한 군주다. 이러한 일은 미국 링컨 대통령의 노예해방보다 육십여 년이나 앞선 인권의 상징이라 아니할 수 없다.

수원에 있는 아버지 사도세자의 능행 때 정조는 길가에 늘어선 사람들의 고민을 직접 듣고, 3일 만에 처리하는 격쟁을 실시하여 민중의 억울함을 해소하는 현대판 변호사 역할까지 하였다. 또한 재위 기간에 백여 차례가 넘게 박문수 등을 포함한 암행어사를 파견하여 탐관오리를 숙청하고 서민의 민원을 해결하였다. 오늘날 기업이 서비스하듯이, 정조는 백성을 고객처럼 현대경영의 시초인 '소통정치'를 실행하였다.

정조는 임금인데도 불구하고 평소 무명옷을 입고 반찬은 서너 가지 정도로 식사하였다. 대전 궁녀를 백 명 정도 줄여 하급관리로 대치하였다. 이렇게 궁중 예산을 절약하여 '장용대' 군사를 창설하여 국방력을 튼튼히 하였다. 또한 예술에도 관심을 기울여 김홍도, 신윤복 등 화가들에게 풍속화를 그리게 한 뒤, 그 그림을 보고 민심을 파악했다. 한마디로 정조는 문무와 예술까지 박학다식하여 그 누구도 그를 넘볼 수 없게 하였다. 그 결과 사색당파로 조용할 날이 없던 조정에 인재를 골고루 등용하는 탕평책을 써서 정국을 평정하였다.

정조가 부친 사도세자를 죽인 노론에게 둘러싸인 불리한 정치환경에서도 성공한 임금이 될 수 있었던 것은 바로 '지식경영'이었다. 그 핵심은 당대 최고의 지식을 갖추고 사람들과 끊임없이 소통하고 아집에 빠지지 않은 정치 철학이다. 그는 고정관념에 얽매이지 않고 새로운 사상을 받아들이려고 노력한 시대를 앞서가는 지도자였다.

현재 한국 지도층의 문제는 소통정치가 아니라 이익에 얽매이는 동물적 이해관계에 의해 움직인다는 것이다. 그래서 독서와 사색과 토론으로 나라의 미래를 고민했던 정조의 '지식경영'이 현세에 더욱 빛난다.

오늘날 우리 사회의 불신은 서로 마음을 열지 않는 데서 시작된다. 강자에게 굽실거리고 약자에겐 무심한 정치인을 보노라면 힘없는 국민은 미래가 암울하다. 하지만 문화의 꽃을 피운 세종과 정조 임금이 백성과 소통하는 '지식경영'으로 나라를 잘 다스린 역사를 볼 때 한 가닥 햇살은 보인다. 세종대왕 이후 삼백 년 뒤 정조가 성군으로 나타나고 그 후 다시 삼백 년 가까이 되었다.

이제 '지식경영'의 훌륭한 지도자가 나올 때가 되지 않았을까. 자기 내면을 지식으로 채우고 말과 행동이 일치한 혜안을 가진 통치자가 나와, 국민과 소통하는 정치를 편다면 우리의 앞날은 밝아지리라.

사람과 사람 사이에 마음의 창을 열면 세상은 훈풍이 불지 않을까. 오늘날 생존을 위해 누구나 필요한 돈이 자기 욕망을 쌓아 올리는 탑이 아니라, 인간의 도리를 위해 쓰이는 도구가 될 때 공동체는 좀 더 공평한 사회가 될 것이다. 그리되면 소외 계층이 감소하여 마지막 길을 택하는 사람들이 점점 사라지리라. 이제 경제 강국보다는 사람냄새가 나는 따뜻한 나라였으면 한다. 행복은 이웃과 더불어 나눌 때 세상은 좀 더 살만하지 않을까.

오늘은 아침 뉴스에 자살하려는 병든 노인을 발견한 이웃이 손수 운전하여 병원으로 데려가는 이야기. 정치인들이 정책을 밤늦게까지 토론하고 합의하여 청년실업 대책으로, 공공기관 일자리 확충에 따른 예산과 인구증가정책으로 아이들 대학까지 무상교육법 통과. 이런 뉴스가 나와 기분 좋게 하루를 시작해 본다. 꿈이 아니길.

인두

아들 결혼식에 쓰일 한복을 입어 보았다. 의걸이 장롱 거울에
비친 미색 저고리에 옥색 치마가 청초하다. 저고리 동정은 하얗게
빛나고, 분홍 깃은 곡선으로 내려와 섶과 이어져 살포시 하늘을
본다. 엷은 미색 도련은 직선으로 이어진 진동을 만나 조화를
이루고. 소매는 다시 곡선으로 휘돌아가다 분홍 끝동이 되어 회장
저고리로 멋스러움을 더한다. 자줏빛 옷고름은 옥색 치마 위에
연꽃으로 피어난다. 저고리 앞섶에 눈길이 갔다. 섶에 인두질하는
어머니 모습이 거울 속에 어른거린다.

어머니는 한복을 즐겨 입으셨다. 여름에는 모시옷을 입었다.
여든이 넘은 나이에도 당신의 모시옷을 손빨래한 뒤 풀을 먹여

발로 밟고 다림질하셨다. 하얀 모시옷을 입은 어머니는 학처럼 단아했다. 젊은 시절 어머니는 손바느질 솜씨가 뛰어나 한복 삯바느질을 하셨다. 지난한 삶의 실타래를 풀어 가녀린 바늘로 하루하루를 꿰맸다. 옷감을 마름질하여 자르고 일일이 손으로 박음질하는 한복 짓기는 몇 날 며칠이 걸렸다. 약속한 시일이 촉박하면 밤을 새우며 옷을 만들어야 했다. '섶코가 날씬해야 일등 바느질쟁이지.' 중얼거리며 엄마는 바늘 끝으로 저고리 섶 끝을 잡아당긴다. 그리하면 신기하게도 섶코가 뾰족하게 되었다.

설날이 돌아오면 삯바느질 틈틈이 어머니는 설빔으로 한복을 지어 나에게 입혔다. 한복 입은 나를 앞뒤로 돌아보시며 흐뭇한 미소를 지으셨다. 빨강 치마에 색동저고리를 차려입으면 곱디고운 한복이 어린 눈에도 마냥 좋았다. 그때는 사는 게 힘들어 명절에 한복을 입는 아이가 드물었다. 나는 어여쁜 색동옷을 뽐내고 싶어 정월이 다 가도록 붉은 치마를 펄럭이며 동네 고샅을 쓸고 다녔다. 아이들의 부러움을 한 몸에 받고 동네 한 바퀴를 돌고 나면 마음은 두둥실 미루나무 꼭대기에 걸렸다. 평소엔 허름한 내 옷이 명절 때만은 당신이 손수 지어준 한복으로 인해 색동 무지개로 빛나는 날이었다.

바느질품으로 들어온 한복이 다 만들어져 가면 마무리로 화로에 꽂아 둔 인두를 어머니는 꺼내 들었다. 인두의 손잡이는 나무로 되어 있고 쇠로 만든 삼각뿔 쪽은 화살촉을 연상시켰다. 인두를 화롯불에 꽂아 두면 달구어진다. 불에 달궈진 뾰족한 인두는 섬세한 부분을 다릴 때 사용하였다. 너무 뜨거우면 타고 미지근하면 다려지지 않으니 인두는 뜨뜻한 알맞은 온도여야 잘 다려진다. 온도를 알아보려고 어머니는 얼굴 가까이 인두를 대본다. 인두가 볼에 닿아 얼굴이 데면 어쩌나 어린 가슴을 졸였다. 걱정은 기우였는지 한 번도 당신은 인두에 데지 않았다. 저고리 섶에 손을 모두우고 손목에 힘을 주어 인두질하느라 어머니 이마엔 땀방울이 송골송골 맺혔다. 인두질을 마치면 저고리 섶 끝에 초승달이 떴다. 당신의 손끝에서 활처럼 휘어진 섶코가 빚어진 것이다. 온 정성을 다하여 다림질해야 섶코가 둥그렇게 휘어져 한복의 곡선미가 살아나는가 보다.

사극에서 보면 죄수에게 벌겋게 달아오른 인두로 이마에 천형을 가한다. 평생 죄인임을 세상에 알려 사람들에게 경각심을 주는 형벌이다. 어머니는 홀로 살림을 꾸려가느라, 가슴 속에 보이지 않는 인두 자국이 얼마나 새겨졌을까? 찬 서리가 내리고 삯바느질이 없는 날엔 어머니는 가까운 야산에서 솔가루나 삭정이를 가져다 아궁이에 불을 지폈다. 아궁이 불을 부지깽이로 헤적거리며 혼잣말인지 나에게 하는 말인지

"맨날 솥단지하고 내기헌다. 채독에 쌀이 있고 정지간에 땔 것만 있으면 부자가 부럽덜 않고만."

중얼거렸다. 그때도 이웃들은 아궁이를 연탄 화덕으로 바꿨지만, 땔감 값이라도 아끼려고 당신은 근처 산에서 나무를 하여 겨우살이 준비를 했다.

강추위로 윗목에 놓인 물이 어는 밤, 곤히 잠든 언니와 나를 보며 어머니는 곱은 손으로 바느질하였을 것이다. 한겨울 문풍지 틈으로 들어오는 찬바람은 어머니의 등에 시린 설움이 되어 고드름으로 매달렸으리. 내가 나이 들어 치맛단이 터져 홈질로 대강 꿰매는 데도, 시간이 오래 걸리고 삐뚤빼뚤하였다. 그런데 어머니는 바느질품으로 들어온 그 많은 한복을 어떻게 다 꿰매었을까. 당신이 만든 한복은 바느질 땀이 일정하고 곧게 박음질되어 있었다. 그 솜씨를 나는 감히 흉내조차 낼 수 없다. 어머니가 지은 한복에는 한 올 한 올 정성과 애잔함이 깃들어 있다.

어머니가 해온 땔감으로 밥을 짓고 잉걸불을 화로에 담아 바느질로 지새우는 밤. 잠결에 뒤척이다 보면 희미한 등불 아래 당신은 한복을 꿰매고 계셨다. 어머니는 뾰족한 인두를 밟고 힘겹게 살지라도, 두 딸은 잉걸불같이 환하게 피어나길 바라는 마음으로 바느질을 했을 것이다.

미색 저고리 물빛 치마를 입고 거울 앞에서 세세히 보니 한복의 곡선미가 아리땁게 느껴진다. 쪽 찐 머리에 한복을 입은 어머니의 모습이 거울 속에 겹쳐 떠오른다. 먼 길 떠나는 날에도 연두저고리에 보랏빛 깨끼 치마를 입으신 당신. 그토록 좋아하던 한복을 마지막 순간까지 몸에 걸치고 멀리멀리 떠나셨다. 오래도록 한복을 사랑하던 어머니에게 내가 입은 예복처럼 고운 옷 입혀 드리면 얼마나 좋아하실까.

저고리 섶을 손으로 만져 본다. 인두질하던 어머니 손길이 느껴진다. 한복 입은 어머니가 불현듯 보고 싶어 장롱을 열었다. 어둑한 밑바닥에서 보자기를 꺼내어 풀었다. 햇살 가득한 안방에서 청색 바탕에 자줏빛 꽃무늬가 새겨진 두루마기를 펼쳐보았다. 자주 입으시던 어머니 옷이다. 하얀 동정은 세월의 더께로 누르스름하다.

당신 손때가 묻은 두루마기 앞섶에 얼굴을 묻어본다. 어머니의 숨결이 출렁이며 내게로 다가온다.

두 개의 나

야영장 마당에 자리를 깔고 누웠다. 도시는 연일 폭염인데 골 깊은 지리산은 자정이 가까워져 오자 으스스 한기가 스민다. 한낮의 태양열이 땅바닥에 남아 등허리로는 따스함이 전해온다. 오늘 밤 페르세우스 우주 쇼가 펼쳐진다는 말에 대지에 누워 하늘바라기를 한다. 어둠이 내려앉은 능선 너머로 은하수가 흘러가고 북두칠성이 손에 잡힐 듯 뚜렷하다.

땅을 베고 오랜만에 하늘에 별을 본다. 서쪽 하늘가로 별똥별이 내려온다. 자세히 보려는 순간 사라지고 말았다. 얼마 만에 보는 유성인가. 어릴 적 우물가 공터에 나가면 별똥별이 떨어지고 은하수가 우리 집 위로 흘렀다. 우주에 떠 있던 물체가 대기권과 부딪쳐 빛을 내면서 땅으로 낙하하는 운석이 유성이다. 코스모스의 대폭발 뒤 혼돈 속에서 생겨난 지구에서 인간은 수소원자로 시작하여 복잡한 인간으로 변신한 것이라 한다. 그렇다면 우리도 운석처럼 은하계 어디선가 흘러온 행성 일부일지도 모른다. 사람들은 일상에 쫓겨 자기의 원시 고향인 우주를 잊고 산다.

어린 시절 마당에 누워 은하수를 보며 별같이 아름다운 세상을 꿈꾸었다. 페가수스 천마를 타고 하늘을 날아 어린 왕자가 있는 작은 행성에 가서 굴뚝을 청소해주고 장미꽃에 물도 주고 싶었다. 그렇게 자주 올려다보던 하늘을 어른이 되어서는 땅만 보고 사느라 볼 새도 없이 하루가 지나간다. 어릴 적 자주 보던 하늘은 잊고 산다. 별을 잃어버리고 꿈도 잃은 것은 아닐까.

서쪽 하늘가로 별똥별이 파르스름하게 대각선으로 내려온다. 유성이 떨어지기 전 꿈을 말하면 이루어진다는데 소원을 빌기도 전에 금방 사라진다. 단단히 벼르고 검푸른 하늘만 뚫어지게 응시했다. 꼬리까지 끌며 제법 큰 유성이 시야에 들어오자 단숨에 소원을 빌었다. 꿈이 이루어질까. 오랜만에 유성을 여러 개 보았다. 어둠의 장막을 깔아놓은 지리산에서 수많은 별을 보고 별똥별까지 보니 아이처럼 영혼이 맑아진다.

초저녁, 머리 위에 있던 북두칠성이 산자락에 걸쳐있다. 잡다한 일상을 밀어내고 별과 하늘만 바라본 청명한 날이다. 저 멀리 우주로 생각이 꼬리를 물고 둥둥 떠간다. 안드로메다 은하는 어디쯤일까. 머리 위로 흐르는 은하수 너머에 있을까. 나도 한 개의 별이 되어 밤하늘을 날아간다. 무한한 창공에 스며들어 마음도 넓어진다.

사소한 일로 모래알처럼 좀스런 생각을 가졌던 나는 어디로 가고. 하늘을 떠다니다 북두칠성에 올라 지상을 굽어본다. 내 안의 내가 두 개인 듯하다. 지금처럼 맑은 영혼으로 세상을 다 포용하다가도 어느 순간 티끌만도 못한 일로 속상해 한다. 때로는 한없는 정을 베풀다가도 작은 일에 상처받고 섭섭해 한다. 넉넉한 마음자락도 어느 순간 자존감을 건드리는 복병을 만나면 순식간에 무너지며 가슴을 찌른다. 그 마음을 삭이고 미워한 사람을 용서하여 내 안에서 밀어내려면 시간이 걸린다.

왜 사람의 마음은 두 가지일까. 사랑과 미움, 미소와 분노 등 하루에도 수많은 감정이 마음자리를 들락거린다. 누군가 좋아서 잘해 주다가도 그 사람이 무심하면 서운함이 드는 게 세상 사람 이다. 상대방에게 무언가 기대하면 야속한 마음이 생긴다. 누군가 에게 베풀었으면 그냥 잊어버려야 한다. 내 안에 '두 개의 나'가 힘겨루기 할 때 끝없는 하늘을 바라보며 마음자리를 넓혀야 겠다.

오늘 밤은 좁쌀만 한 내 마음이 창공에 떠 있는 별을 바라보며 잃어버린 나를 찾아간 날이다. 은하계 한 귀퉁이에서 태어난 우주인답게 마음의 날개를 활짝 펼친 밤이다. 가끔 우주 쇼가 벌어지는 날엔 밤하늘을 바라보며 호연지기를 길러봄이 어떨까. 잃어버린 태초의 나를 찾아서.

　이지러진 달은 산등성이에 걸리고 어둠이 밤안개에 묻어간다.

울타리 없는 동네

그 옛날 내가 살던 곳은 올망졸망 붙어사는 동네였다. 한집에 서너 집씩 셋방을 사니 좁은 동네엔 아이들이 넘쳤다. 그때 집들은 밥만 먹고 잠만 자는 조각 집이었다. 그러니 너나 할 것 없이 아이들의 놀이터는 동네 공터였다.

동네 고샅을 휩쓸면서 고무줄놀이, 땅따먹기, 팔방치기하며 아이들은 신나게 놀았다. 고무줄놀이 할 때는 동요에 맞춰 다리를 쭉쭉 뻗고 뜀뛰기를 하니 저절로 운동이 되어 아이들은 무럭무럭 자랐다. 공터에서 놀다가 방울치기처럼 넓은 공간이 필요한 놀이는 동네 앞 공설운동장으로 갔다. 방울치기는 손으로 공을 친 뒤 한 바퀴 돌아 홈으로 들어오는 놀이로 방망이 없이 하는 일종의 야구경기다. 여럿이 협동해야 이길 수 있는 놀이여서 한마음이 되어 친해졌다.

공설운동장 내에 작은 경기장에는 아스팔트를 깔고 난 뒤 빈 통을 보관하였다. 그 큰 드럼통은 우리의 놀잇감이었다. 그 위를 걸어 다니며 잡기 놀이를 하였다. 여러 겹으로 쌓인 높다란 드럼통 위를 흔들거리며 통과 통 사이를 건널 때 얼마나 아슬아슬한지. 놀이시설이 없는 그 시절 드럼통 건너뛰기는 요즘 롯데월드 청룡열차보다 스릴 넘치는 놀이기구였다. 여러 가지 놀이를 하다 보면 어느덧 해는 서산마루에 걸렸다.

한겨울에는 동네 애들의 놀이터는 신작로로 바뀌었다. 노송천이 흐르는 학교 옆 큰길은 온종일 응달이어서 겨우내 빙판길이었다. 그때는 차가 별로 없어 그곳은 아이들의 썰매장이 되었다. 남자애들은 교실 창틀에서 쇠막대를 몰래 뜯어다가 썰매를 만들고, 여자들은 비료부대나 나무토막 위에 올라 발로 구르며 썰매를 탔다. 손이 꽁꽁 발이 꽁꽁 얼어도 우리는 신이 났다.

어느 겨울날엔 경사진 우리 집 텃밭에 빙판길을 만들어 미끄럼을 타고 놀았다. 그곳에 이웃집 아주머니가 장사하려고 꽈배기 상자를 이고 가다가 미끄러졌다. 그 바람에 꽈배기가 부서져 빙판길에 흩어지고 말았다. 노랗게 뿌려진 꽈배기는 얼마나 먹음직스러웠는지 모른다. 아이들은 이게 웬 떡이냐고 주워 먹었다.

아주머니는 맛있게 먹는 아이들을 기가 막힌 얼굴로 바라보다 빈 상자만 주워들고 맥없이 돌아서 갔다. 그때는 하루 벌어 하루 먹고사는 사람들인데 그날 허탕 치고 얼마나 속이 상했을까. 하지만 그날 악동들은 공짜로 먹는 과자의 달콤함에 빠져 넘어진 동네 아줌마가 그저 고마운 천사일뿐이었다.

우리 동네 아이들은 비가 오거나 추울 때는 가끔 특별한 놀이를 했다. 방안에서 하는 연극놀이다. 아무튼 누구네 엄마가 집을 비우는 날엔 그곳에 가서 연극을 하며 놀았다. 그 시절엔 천변에서 약장수가 수시로 악극단을 열었다. 심심할 때 자주 가서 연극을 본 아이들은 나름 본 대로 흉내를 잘 냈다. 우리는 서로 연출을 하며 연극을 했다. 그때 나는 「노들강변」 민요에 맞춰 춤을 잘 췄다. 「춘향전」도 해보고 그 시절 우리의 꿈은 연습한 연극을 무대에 올리는 일이었다.

영선 언니네 마당이 넓어서 동네 연극무대를 열기는 딱 좋았다. 그런데 문제는 그 집 할아버지였다. 애들이 시끄럽게 하는 것을 싫어하여 자기네 마당 근처는 얼씬도 못 하게 하였다. 그 할아버지가 언젠가 멀리 딸네 집에 가서 그곳에서 연극을 하기로 하였다. 그래서 동네 애들은 열심히 연습하고 엄마 옷을 빌리는 등 야단법석을 떨며 총연습을 하였다. 드디어 날을 잡아 연극하는 날이 돌아왔다. 동네 어른들과 아이들이 관객이다. 마지막 무대

장치로 담요를 치고 연극을 시작하려고 했다. 하지만 이 무슨 날벼락이란 말인가. 호랑이 같은 영선 언니네 할아버지가 불현듯 나타나 우리를 작대기로 위협하고 땅을 치며 몰아냈다. 하루만 더 있다가 오지 않고……. 우리는 별수 없이 막으로 친 담요를 걷고 연극무대를 접었다. 아직도 그때를 생각하면 아쉬움이 남는다. 그 할아버지는 꿈도 없었나. 동네 애들의 연극무대는 결국 꿈으로 끝났다. 현실과 이상은 멀다는 것을 어린 나이에 나는 알아버렸다.

풍남학교 담장 너머가 우리 동네다. 맹모삼천지교라 했던가. 학교 근방에 살아서인지 나는 학교 놀이를 많이 했다. 동네 애들을 모아놓고 언제나 나는 선생님을 했다. 칠판은 얇은 합판으로 하고 분필 도막은 학교에서 주워다 썼다. 나는 칠판에 우리나라 지도를 그려놓고 강, 산맥 이름을 친구들에게 물어보았다. 그러면 또래인데도 불구하고 그 시간엔 내가 가르치는 대로 잘 따라 했다. 학교 놀이를 하면서 내가 커서 선생님이 되면 참 좋겠다고 생각했다. 아이들의 초롱한 눈망울을 보며 신나는 학교 놀이를 매일 하겠다는 상상이 떠올라 즐거웠다.

아이들은 놀이를 통하여 세상을 배운다. 놀이 속에 사람과 정이 쌓이고 사회규칙도 배운다. 새로운 놀이를 하며 생각을 하다 보면 지혜가 쌓이고 어려움을 헤쳐 나가는 용기도 생긴다. 지금도 새로운 일을 시작하면 '무엇이든지 할 수 있다.'는 자존감은 어디서 나왔을까? 어렸을 때 누구의 간섭도 받지 않고 다양한 놀이를 통하여 도전정신과 자신감이 나이테처럼 켜켜이 새겨졌기 때문이 아닐까. 학교 놀이하며 내가 선생님 꿈을 키웠듯이, 놀이를 통하여 아이들의 꿈이 커간다.

지금 아이들은 학교 공부 뒤 또래들과 노는 것이 아니라, 학원 다니느라 정신이 없다. 치열한 경쟁사회에서 뒤처질까 봐 부모들이 불안하여 남들과 비슷하게 공부를 시켜야 마음이 놓인단다. 방과 후, 긴장한 심신을 친구들과 놀이를 하며 풀어야 할 텐데…….

학교 끝나자마자 학원으로 가는 요즘 어린이가, 그 옛날 울타리 없는 동네에서 허물없이 어우렁더우렁 어울려 놀던 내 어릴 적 동네 아이들보다 행복할까. 아이의 진정한 성공을 바란다면 지금 이 순간이 행복해야 한다.

현재에 만족하는 아이는 긍정적으로 자신이 할 일을 열성껏 한다. 어릴 때 또래들과 어울려 놀이를 통해 꿈을 키우다 보면, 자신이 하고 싶은 일을 찾아 행복의 문으로 들어가리라.

4부
아장사리

아직도 창밖엔 번개가 허공을 휘젓고 있다.
어쩌면 우리는 번개가 번쩍이는 찰나를 살고 있는지도 모른다.

내 맘의 뒤란

어렸을 적 어머니는 나를 데리고 외갓집에 자주 갔다. 철길 아래 굴이 있고 그 굴다리 밑을 지나야 외갓집에 갈 수 있었다. 굴다리를 지날 때마다 천장에 맺힌 물이 머리 위로 떨어졌다. 그 옛날 이리역 철길 아래 뚫린 그 굴은 비가 오지 않아도 곳곳에 물이 고여 있었다. 돌아가면 먼 길이라 질척거리는 바닥을 더듬거리며 어머니는 내 손을 잡고 깜깜한 굴다리를 건너가셨다.

굴다리를 건널 때마다 축축하고 우중충한 그곳이 싫어 얼른 빠져나가려고 발걸음을 재촉했다. 하지만 희미한 조명 아래 축축한 물웅덩이를 피해 가려면 조심조심 걸어갈 수밖에. 어둑한 굴다리를 벗어나면 따가운 햇볕이 머리 위로 쏟아졌다. 먼지가 풀풀 날리는 신작로를 한참 걸어가야 묵동 외갓집 동네에 다다랐다. 땀에 젖어 고샅길로 들어서면 버드나무가 그늘을 드리우고 우리를 맞았다. 버들가지 아래 우물에서 어머니는 두레박을 던져 샘물을 떴다. 뙤약볕에 목마른 나는 벌컥벌컥 물을 들이켜고 어머니는 얼굴을 씻고 머리카락을 쓸어 올리셨다. 물 한 모금에 파릇해져 외갓집 사립문 안으로 들어서면 쓰르라미 소리가 포플러 이파리를 흔들었다.

마당엔 한낮의 태양이 주인인 양 누워 있고 집안엔 인기척이 없었다. 엄마는 외할머니를 찾아 뒤란으로 갔다. 나는 툇마루에 앉아 허공을 빙빙 도는 쌀잠자리를 따라 하늘바라기를 하면, 마당을 스치는 '쓰윽 쓱' 소리와 함께 기다란 단수수를 끌고 외할머니가 나타나셨다. 토방 앞에 단수수를 내려놓고 낫으로 토막을 내서 할머니는

"옜다. 먹어라."

하며 건네주셨다. 무뚝뚝한 할머니가 손녀딸에게 주는 정표다. 껍질을 벗겨 한입 베어 물면 달착지근하고 시원한 맛이 입안에 사르르 녹았다. 그 시절 외할머니께서 챙겨 주던 단수수는 지금은 시골에서도 구경하기 힘든 그 옛날 간식거리다.

저녁이면 멍석을 깔고 둥근 상에 둘러앉아 밥을 먹었다. 눈썹이 유난히 까만 외삼촌은 밥상머리에서 나를 흘끔거렸다. 행여 내가

조기 꼬리라도 먹을라치면 눈꼬리를 치켜 올렸다. 외할아버지 제사를 지내러 여름방학 때마다 와서 밥을 먹어대는 조카딸이 얄미워서일까. 눈칫밥으로 먹는 밥상은 보리밥 한 수저에 설움 한 사발이었다. 누구나 배고픈 시절에 며칠씩 묵어가는 우리가 눈엣가시였을지 모른다. 말없이 눈총을 주는 외삼촌이 무섭고 싫었다. 혹여 심부름이라도 시키려 나를 부르면 못 들은 척 슬금 슬금 모퉁이를 돌아 뒤란으로 갔다. 그러면 부리나케 달려와 큰소리로 야단을 쳤다. 사람이나 짐승이나 자기를 귀히 여기는지 함부로 대하는지 금방 알아본다. 조금만 따뜻하게 대했으면 그토록 내가 기겁하고 달아나려 했을까. 어쩌다 외갓집이 떠오 르면 여린 가슴을 슬프게 한 설움이 기억의 바닥에 숨어 있다가, 어느 순간 불쑥 솟구쳐 올라 목울대를 아릿하게 훑고 지나간다.

외삼촌에게 야단맞고 뒤란에서 훌쩍거리면 갓 시집온 외숙모는 살며시 다가와 나를 다독여주었다. 그리고 언덕바지에 있는 텃밭으로 데리고 갔다. 그곳에는 청포도가 알알이 열리고, 꺽다리 단수수가 바람에 하늘거렸다. 아직 덜 익은 연두색 청포도를 한 송이 따주며 외숙모는 나를 달랬다. 어린 시절 구겨진 마음 자락을 어루만져준 외숙모의 다정한 손길은 추운 겨울 아랫목 처럼 아늑했다.

종종 다녀가는 우리가 귀찮기도 하련만 외숙모는 언제나 우리를 반겼다. 외삼촌의 눈총에도 엄마 따라 외갓집에 가고 싶었던 것은 어쩌면 청포도와 단수수, 외숙모의 온화한 미소 때문인지도 모른다. 어느 겨울날 외숙모는 까만 벨벳 한복을 입고서 내 손을 잡고 교회로 갔다. 눈이 펄펄 내리는 언덕을 넘으면 흰 눈을 덮어쓴 첨탑이 뾰족한 교회당이 보였다. 그때 들은 "고요한 밤 거룩한 밤……" 노래는 내 마음도 고요하고 평안하게 해주었다.

어느 해 가을 추수철에 어머니가 외갓집 동네 벼 훑기를 하느라 오래도록 묵어간 적이 있었다. 홀로 삶의 굴레를 이고 가는 어머니는 이것저것 일거리를 가리지 않고 하루하루를 건너가셨다. 철부지인 나는 그 동네 애들과 마당에서 줄넘기하며 신나게 놀았다. 마실에서 돌아온 외할머니는 계집애들이 뛰고 시끄럽다며 바지랑대를 들고 애들을 쫓아냈다. 나는 숨을 죽이며 장독대에 숨어 할머니 역정이 가라앉기를 기다렸다. 그때도 외숙모는 살금살금 다가와 사그랑이 불에 묻어둔 군고구마를 내게 건넸다. 손끝에 전해지는 군고구마의 온기에 움츠러든 내 마음도 따뜻해졌다. 어스름을 안고 머릿수건을 털며 홀연히 장독대에 나타난 어머니는

"자네, 맘이 고맙네."

하며 외숙모 손을 잡았다. 우리가 외갓집을 떠날 때는 외숙모가 보리쌀과 고구마를 보따리에 싸서 엄마에게 건넸다. 그 시절

넉넉지 않은 형편에 우리를 챙기기가 쉽지 않았을 텐데……. 지금 생각해 봐도 가슴이 훈훈해진다.

집으로 돌아갈 때도 철길 아래 있는 굴다리를 걸어갔다. 눅눅하고 어두운 굴은 마치 어머니의 젊은 날, 지난한 생의 한복판을 건너가느라 휘청거리는 모습이 아닐까. 어두컴컴한 굴속 희미한 불빛 아래 발을 조금만 잘못 디디면 시궁창에 빠져 허우적거렸으련만. 어둠 속에서도 흔들리지 않고 앞으로 나아가게 손잡아 주던 당신은 멀리 떠났지만. 그 당찬 어머니가 계셨기에 캄캄한 터널을 지나서 햇빛 속으로 발걸음을 옮길 수 있었으리라.

몸이 약해서인지 외숙모는 젊은 나이에 세상을 떠났다. 혼자 남은 외삼촌마저 술로 세월을 보내다가 쓸쓸히 생을 마감했다. 그들은 떠나가고 상처는 희미해져 가지만, 포근한 정을 준 외숙모는 내 가슴에 봄날 아지랑이처럼 피어오른다. 그 옛날 무심히 지나지 않고 가녀린 풀꽃 같은 동심을 감싸 안은 그네의 따사로운 눈길은, 내 안에 화롯불이 되어 회색빛 잿더미 속에서도 꺼지지 않는 사랑의 불씨로 남아 있다.

초록이 사위어 단풍으로 물들어가는 언덕에서, 누군가의 가슴에 나는 무엇으로 남을 것인지 생각해 본다.

시골집 뒤란에 청포도 올리고 채소를 가꾸며 두릅나무로 울타리를 만들어 볼까. 바구니 가득 푸릇한 정을 수북수북 담아 정겨운

이들에게 건네고 싶다. 앞에서 보이지 않아도 사람들 마음을
따뜻하게 해주는 그런 보물이 그득한 뒤란을 가꾸어 보련다.

끝없는 길

차창 밖으로 나무처럼 생긴 선인장들이 스쳐 간다. 메마른 땅이라 시든 풀들이 검불처럼 보인다. 서부영화에서 보던 황량한 사막을 건너 바위산을 지났다. 산굽이를 돌고 돌아 드디어 차가 멈췄다. 새벽에 출발하여 한낮이 지났으니 먼 길을 달려왔다. 불그스름한 흙길을 걸어가는데 멀리 금빛으로 반짝이는 수많은 조각상이 파노라마처럼 펼쳐졌다.

눈을 의심하며 가까이 다가갔다. 깊게 파인 분지 아래로 형형색색의 기암괴석이 파도처럼 밀려온다. 유타주에 있는 거대한 원형 분지인 브라이스 캐니언이다. 저 멀리 우뚝 솟아 있는 사암이 햇살을 휘감고 분홍색, 크림색, 갈색으로 눈부시게 빛났다.

바위틈으로 보이는 조붓한 길을 따라 계곡으로 들어갔다. 오솔길 옆으로 강물이 휩쓸고 간 무늬가 새겨진 석벽과 동굴, 기기묘묘한 바위가 모퉁이를 돌 때마다 또 다른 모습으로 나타났다. 사막을 떠도는 바람의 손으로 빚어진 형상일까. 나도 모르게 탄성이 흘러나왔다. 내려갈수록 깎아지른 암벽이 햇빛을 가려 어둠이 내려앉았다. 지구 중심까지 이어진 듯 미로는 끝없이 이어졌다. 구불구불 펼쳐진 신비한 암석들을 더 탐색하고 싶었으나 시간의 거미줄에 묶여 계곡 깊숙이 내려갈 수 없었다.

아쉬움을 남긴 채 땅 위로 올라왔다. 이상한 나라를 다녀온 엘리스처럼 황금빛 조각상이 믿기지 않아 자꾸 뒤돌아보았다. 다음 날은 해도 뜨지 않은 어스름을 가르며 길을 떠났다. 미국 서부는 지형의 변화가 크다. 라스베이거스 같은 사막을 건너 숲이 우거진 산등성이를 돌아 홀연히 깊은 협곡을 만나기도 한다.

눈앞에 보이는 계곡 건너편은 푸르스름한 듯 회색이고 붉은 듯 갈색인 색상의 경계를 지우는 환상적인 지층. 그리스 신전 모양, 스핑크스를 닮은 형상 등, 신이 빚은 듯 웅장한 창작품은 시선을 사로잡았다. 그랜드캐니언 협곡에 드러난 암석은 이십억 년 전부터 형성되었다 한다. 지구의 역사를 원시부터 최근까지 층마다 보여 주고 있었다. 콜로라도강의 오랜 침식과 풍화작용 때문에 생긴, 지상 최대의 협곡은 대자연이 빚어낸 경이로운 창조물이다. 새삼 인간이 얼마나 미약한 존재인가 돌아보는 겸허한 순간이다. 강 쪽에서 날아오른 새 한 마리가 절벽 틈바구니에 내려앉는다.

위대한 자연의 걸작을 추억의 액자에 끼워 넣고 또 다른 길을 찾아 떠났다. 차창 밖 들판으로 끝없이 늘어선 나무는 아몬드란다. 나무들은 한없이 이어지고 차로 네 시간을 달려도 산은 보이지 않고 멀리 지평선만 아득하다. 길가 농원에 잠시 내려 도시락을 먹고 버스에 올랐다. 창밖은 어느덧 초록빛 초원으로 바뀌었다. 널따란 평원엔 소와 양들이 느릿느릿 풀을 뜯고 있다. 가도 가도 녹색 물결이 출렁이는 목장이다. 평야가 하도 넓어 농장주는 자가용 경비행기를 타고 나들이한단다. 농가 곳곳에 경비행기가 두 날개를 치켜들고 주인이 오기를 기다리며 엎드려 있었다. 미국은 땅이 크기는 큰 나라다. 이 넓은 대지 한쪽을 뚝 떼어 우리나라에 옮길 수 있다면……. 작은 땅을 가진 나라에 분단까지 된 조국이 안타깝기만 하다.

어제는 대평원을 온종일 달리더니 오늘은 길옆으로 침엽수가 하늘을 가리고 서 있다. 산 밑으로 안개가 자욱하게 끼어 마치 호수 같았다. 저 멀리 능선 너머로 큰 바위산이 병풍처럼 펼쳐진 요세미티 국립공원이 보였다. 엘케피탄 바위는 고개를 뒤로 젖혀도 끝이 보이지 않을 정도로 하늘 높이 솟아 있다. 거대한 화강암 벽을 타고 장대한 폭포수가 쏟아지고 그 아래로 낮은 물줄기가 떨어져 이단 폭포를 이루었다.

가이드 말이 건기인 가을에 폭포를 보는 것은 기적이란다. 어젯 밤에 때 아닌 비가 온 것은 우리 일행이 삼대가 적선을 하여 기적을 일으킨 사람들이라나. 멀리 높은 산 위에는 눈이 쌓여 있다. 산 위에 걸린 구름을 따라 미국의 심장부 워싱턴을 향했다.

워싱턴에서 동부 도로를 타고 캐나다로 건너갔다. 나이아가라 폭포가 창 너머로 보이는 호텔 방에 들었다. 잠자리에 누우니 폭포 소리가 지구 저 밑바닥에서 울리듯 저음의 첼로 소리로 들려왔다. 동틀 무렵 창문 너머로 나이아가라 폭포로 떠오르는 해돋이. 하얀 폭포 위로 분홍빛으로 피어오르는 아침놀은 몽환적 이었다. 일행과 보트를 타고 나이아가라 폭포 속으로 들어갔다. 비옷 위로 물방울 튀기는 소리는 어릴 적 비닐우산 속에서 들려 오는 소나기 소리 같았다. 세상은 하얗게 부서지는 폭포와 물소리뿐이다. 물안개 너머로 무지개가 걸렸다.

물의 세계를 빠져나와 킹스턴으로 가서 유람선을 타고 천섬을 보러 갔다. 천섬은 로렌스강에 있는 섬으로 부호들의 별장이 있는 곳이다. 강물 위에 떠 있는 섬마다 수려한 별장과 첨탑을 지닌 성들이, 단풍에 물들어 밀려오고 밀려났다.

로렌스강을 지나 몬트리올에서 뉴욕으로 가려고 버스에 올랐다.

길가 화살나무는 진홍빛으로 불타는 듯하고 자작나무 단풍은 노랗고 선명했다. 이곳 단풍이 유명한 것은 끝없이 이어지는 숲길 때문이다. 캐나다에서 뉴욕까지 장장 열 시간을 달리는 동안 차창 밖으로 단풍나무가 파도처럼 굽이쳐 온다. 종일토록 단풍 터널 속에 묻혀 영혼마저 오색으로 물드는 듯했다.

간간이 쉬는 곳은 호수를 낀 마을이다. 동산에 작은 교회가 있고 배가 떠 있는 부두엔 나무로 지은 카페가 달력 그림처럼 졸고 있다. 끝없는 길 위에 나무와 집, 그리고 사람이 있었다. 아름다운 경치를 보고 감동할 때 사람은 행복지수가 올라간다고 한다. 그래서일까. 내가 가장 기쁨을 느끼는 순간은 새로운 풍경을 보고 감흥에 젖어들 때다. 세상을 돌며 다른 나라의 역사와 생활에 스며들어 그들과 웃음을 나누며 인간애를 느낀다.

미국은 땅이 넓어서인지 가도 가도 끝이 없다. 거의 매일 전투를 하듯이 새벽에 일어나 다른 풍광을 찾아 떠나느라 식사를 건너 기도 했다. 가는 길이 멀지라도 보이지 않는 경계 저편을 찾아 길 위에 내가 서 있다. 멈추는 그곳에서 길이 다시 시작된다.

초록 물결은 돌담을 타고

푸른 바다를 가르며 파도가 흰 머리 풀어헤치고 배꼬리를 물고 따라온다. 갈매기도 여객선을 맴돌며 춤사위를 펼친다. 섬을 향해가는 뱃전에서 사람들이 과자를 던져주자 갈매기들이 공중 곡예를 하듯 부스러기를 낚아챈다. 그 모습을 보고 지인들 얼굴에 웃음이 피어난다. 아침부터 비가 오락가락하여 배가 뜰 수 있을까 우려했는데, 구름 사이로 빛무리가 쏟아지며 검은 바다는 어느덧 옥빛으로 출렁거린다. 동그란 부표들이 검푸른 바다 위에 조롱조롱 하얀 박처럼 떠 있다.

연락선에서 내려 언덕배기에 올랐다. 노란 물감을 풀어 놓은 듯 유채꽃이 눈앞에 펼쳐졌다. 능선 길은 생동감 넘치는 봄의 환희가 구릉마다 흘러내렸다. 바람에 흔들리는 보리밭의 초록 물결과 하늘거리는 유채꽃, 쪽빛 바다에 일렁이는 은물결. 빈센트 반 고흐가 환생하여 커다란 붓을 들고 망설임 없이 수평선에 그려낸 한 폭의 그림이었다.

유채꽃 사이로 야트막하게 돌로 쌓은 길을 걸었다. "아리 아리랑 스리 스리랑 아라리가 났네." 느닷없이 「진도아리랑」 민요가 들려 여기저기 살펴보았다. 돌 틈에 숨겨놓은 스피커에서 울려오는 소리였다. 이곳 청산도에서 〈서편제〉 영화를 촬영한 것을 알리려고 사람이 지나갈 날 때마다 노래가 흘러나왔다. 가슴을 쥐어짜는 듯한 아픔이 있어야 한 맺힌 소리가 절로 나온다고 독한 약을 먹여 일부러 양딸을 눈멀게 하여 판소리 공부를 시키는 아버지. 그들이 이곳 보리밭 샛길을 지나며 「진도아리랑」을 흥겹게 부르면서 춤추던 영화 장면이 선연히 떠올랐다.

해마다 세월의 공감대를 끌고 동행하는 지인들과 산모퉁이를 돌았다. 호젓한 곳에 이르자 누구라 할 것 없이 "아리 아리랑~"을 흥얼거리다 덩실덩실 춤을 추며 모두가 영화의 주인공이 되어가고 있었다. 어깨를 들썩이며 「진도아리랑」을 부르니 절로 흥이 났다. 우리 민족은 한을 삭이려고 흥겨운 민요를 만들어 시린 가슴을 달랬는지도 모른다.

유채꽃을 눈 안에 심고 청산도를 일주하는 마을버스를 탔다.

내리고 싶은 곳에 멈춰 걷다가, 버스를 타고 맘 내키는 곳에 다시 내려서 섬을 돌았다. 쳇바퀴 돌 듯 반복되는 일상을 탈출하는 여유로운 시간이었다. 길섶에 연한 쑥들이 느릿느릿 가라는 듯 우리를 손짓했다. 쉬엄쉬엄 이슬 머금은 쑥을 뜯으며 산모롱이를 돌았다. 햇살에 비친 바다가 멸치떼처럼 파닥거린다.

태고부터 바위가 비바람과 파도에 닳고 달아 생긴 돌덩이가 많은 청산도. 섬 어디를 가나 돌멩이로 경계를 짓고 담장을 쌓았다. 돌만큼이나 사람들도 등 굽은 오래된 동네. 돌담 마을에 들러 할머니들이 파는 자연산 미역을 샀다. 청잣빛 바닷물을 머금은 미역국을 끓이면 파도 소리가 들려 올 것 같다. 하늬바람에 보리밭의 초록물결이 돌담을 타고 넘나들었다.

바다를 끼고 해송이 숲을 이루는 길로 접어 걸었다. 사월 중순이라 내리쬐는 햇볕은 따스하고 해풍은 산들거렸다. 심호흡을 크게 해보았다. 청산도의 맑은 공기가 도시에서 찌든 목울대를 깨끗이 씻어 가슴마저 청아해지는 듯했다. 한참을 가다 보니 창고 앞에서 사각형의 커다란 철망을 들고 두 사람이 닦고 있었다. 호기심이 나면 뿌리를 캐는 오래된 습성이 발동하여

"뭐하는 거예요?"

"아, 이거요? 전복 기르는 첸디 큰 전복을 따내고 씻능만요. 다시 이 철망에 새끼 전복을 심을라는디 이 일이 젤로 심등만요."

하며 이마의 땀방울을 씻었다. 전복이 다른 해산물에 비해 비싸다고 생각했는데 그들이 땀 흘리는 광경을 보니 왜 귀한 대접을 받는지 알 것 같았다.

바다 위에 수없이 떠 있는 하얀 조롱박들. 드넓은 바다를 마치 들판을 일구어 채소를 가꾸듯 부표로 고랑을 내고 해조류를 키우고 있다. 땅처럼 종자를 뿌려 다양한 해산물을 풍부하게 먹을 수 있는 저 바다가 정녕 보물이 아닐까. 찰랑거리는 물소리를 들으며 바닷속을 물끄러미 바라보았다. 물 위에 떠 있는 철망 아래로 전복이 올망졸망 숨 쉬고 있으리라. 구름을 뚫고 햇살이 부서져 내린다. 어부들의 꿈이 수평선에 은물결로 일렁거린다.

섬을 떠나는 뱃머리에서 청산도를 바라보았다. 짙푸른 바다는 끝없는 이야기를 파도에 실어 보내며 철썩이고 있다. 초록 보리밭 너머 살랑거리는 노란 유채꽃을 품은 청산도는 사람들의 시선을 사로잡는 비경으로. 또 다른 보석이 되어 아스라한 운무 속에 갈맷빛으로 멀어져간다.

아장사리

섬광이 하늘을 가른다. 곧이어 우르르 꽈 꽝 천둥소리가 들린다. 순간 갓난아기 울음소리가 들려왔다. 다시 번개가 번쩍이며 어두 컴컴한 방안을 환하게 비추는 찰나 아기의 얼굴이 클로즈업 된다. 조그만 여자아이가 씹고 있던 껌을 갓난이 입에 넣어 준다. 아기는 파랗게 질려 자지러진다. 여자애도 덩달아 운다. 울음소리에 놀란 언니가 황급히 들어와 갓난아기를 달랜다. 울다 지쳤는지 아기는 조용하다.

빗소리가 창문을 거세게 두드리더니 우르릉 천둥소리가 먼 창공 위에서 요란하다. 번개 치는 날이면 영화의 한 장면처럼 떠오르는 잔상. 그때 내 나이 고작 대여섯 살이건만, 아직도 생각나는 것은 여린 가슴에 아픈 상처로 남아서일까. 청춘에 홀로 된 어머니는 유복자로 동생을 두었다. 그 당시 어머니는 생계를 위해 갓난이를 언니에게 맡겨두고 일하러 나갔다고 했다. 일터로 간 엄마 대신 아홉 살배기 언니가 아기를 어르고 코흘리개 동생인 나도 돌보았다.

들창도 없어 맑은 날도 햇빛이 잘 들지 않는 우리 집은 비라도 올라치면 까만 어둠이 내려앉았다. 번개가 치던 그날, 요강 위에 앉아 있던 조그만 계집애는 갓난쟁이가 천둥소리에 놀라 울어대자 깜냥에 아기를 달랜다고 껌을 주었다. 그 뒤 갓난이는 시름시름 앓다가 세상을 떠났다. 집안의 대를 이을 남동생은 그렇게 가랑잎처럼 날아갔다.

창문을 열자 쏴아 빗소리가 방안 가득 들어온다. 지금처럼 장대비가 쏟아지는 날이면 아련한 기억 저편의 상념이 하나둘 떠올라 퍼즐처럼 조각 맞추기를 해본다. 천둥소리에 묻혀 떠난 그 갓난아기는 어디로 갔을까? 철들어 들은 이야기로는 숨이 끊어진 아기를 어머니는 등에 포대기로 싸서 업고 산으로 갔다. 아버지 무덤 한쪽에 구덩이를 파고 봉분도 없이 흙으로 덮었다. 이렇게 아이를 아무 표시 없이 보내는 것을 '아장사리'라고 한다. 어머니는 그렇게 아무런 흔적도 남기지 않고 유복자를 보냈다.

제대로 돌보지 못하고 자식을 보낸 설움에 어머니는 한동안 넋을 잃고 누워 있었다고 했다. 어느 날 퍼뜩 정신을 차려보니 두 딸아이가 눈앞에서 까만 눈동자를 껌벅이고 있었다. 엄마는 벌떡 일어나 허리끈을 질끈 동여매고 일을 찾아 나섰다고 한다. 경계 너머로 떠난 갓난이 생각으로 우두커니 있기에는 현실이 너무 절박했으리. 자식의 주린 배를 채워주는 것이 어미로서 두 딸이라도 지키는 길이었을 것이다. 아장아장 걸어보지도 못한 채 이슬처럼 사라진 유복자는 가슴에 묻고, 산 자를 위하여 바람 부는 문밖으로 어머니는 걸어갔으리라.

아직도 창밖엔 번개가 허공을 휘젓고 있다. 어쩌면 우리는 번개가 번쩍이는 찰나를 살고 있는지도 모른다. 수많은 시간이 모여서 일생이 된다. 순간순간 삶의 장면들이 머릿속 작은 공간에 켜켜이 쌓였다가, 어느 날 비슷한 상황이 펼쳐지면 잠자고 있던 기억의 고리가 철커덕 풀리면서, 깊게 각인된 생의 조각들이 하나둘 밖으로 걸어 나온다.

천둥이 우르릉거리는 오늘 가슴 시린 옛일이 생각나 언니에게 전화를 걸었다. 오래된 필름을 돌리며 어렴풋한 남동생 이야기를 들려줬다. 언니도 같은 세월을 안고 살아서인지, 그 옛날 갓난 아기의 아장사리 사연을 먹먹한 목소리로 어제 일인 듯 전했다. 어머니가 공동묘지에 갈 때 언니도 괭이를 들고 따라갔단다. 갓난 아기를 묻고 그 위에 액막이로 이삭을 베어낸 벼 뿌리 세 포기를 얹어 놓았다. 그렇게 하면 아기가 이승을 떠돌지 않고 영혼이 하늘로 훨훨 날아간다고 한다. 밤하늘에 유난히 반짝이는 작은 별 하나는 어쩌면 그때 애달피 떠난 동생의 정령일지도 모른다.

어릴 적 번개 치던 날, 내가 갓난이에게 껌을 준 사연을 전했다. 언니는 처음 듣는 말이라며 기억을 더듬느라 목소리가 아득하다. 입에 담기조차 서러운 일이라 서로 말을 하지 않았나 보다. 내 기억의 창가에 오랫동안 의혹으로 남아 있던

"언니, 갓난이가 왜 명을 다하지 못하고 떠났는지 몰라."

"그 당시 엄마 젖이 나오지 않아 미음을 갓난이에게 먹였어. 어쩌면 잘 먹지 못해서 영양실조로 죽었을 거야."

라고 언니는 말했다. 드디어 잃어버린 미지의 퍼즐 조각을 찾아낸 것일까. 이제야 동생이 떠난 이유를 미루어 짐작할 수 있었다. 언니와의 대화는 내 마음에 통증으로 남은 의문을 풀어 주었다. 어린 가슴에 멍울진 아픔이 스르르 사그라지는 순간이었다.

아스라한 옛일을 되새기다 보니 설움을 안으로 걸어 잠그고, 생을 온몸으로 이고 가신 어머니 생각에 우리는 전화 속 목소리가 잠겨 들어갔다. 초록이 곱게 단풍들지 못하고 갈잎으로 시든 어머니의 젊은 날, 모든 일을 홀로 감내하며 수많은 날을 외롭게 지낸 어머니를 생각하면 가슴이 저리다. 행여 갓난이처럼 홀연히 사라질까 봐, 두 딸을 지키려 궂은 일로 바람 부는 벌판에서

푸릇한 날을 다 보낸 어머니. 잔칫집 일을 보고 챙겨 온 음식을 맛있게 먹는 딸을 보고 흐뭇해하던 어머니 얼굴이 선연히 떠오른다. 그 따스한 미소를 어디서 볼 수 있을까. 회상 속에서는 슬픔이 차오르는 순간마저도 아련한 그리움으로 남는다. 아마도 아슴푸레한 기억 속에 사랑하는 이가 다시 살아나기 때문이리라. 누군가 자신의 삶을 공유할 수 있는 사람이 있다는 것은, 인생 열차를 타고 가다 추억이라는 간이역에 멈춰서, 지난 시간을 잠시나마 현재에 머물게 하는 것이 아닐까.

빗소리가 잦아드는가 싶더니 먹구름을 뚫고 빛기둥이 내려온다. 가슴속 깊은 우물에 잠겨있던 아릿한 기억을 두레박에 떠서 비 갠 창가로 퍼 올린다. 저녁 햇살 아래 조그만 여자애가 웃음 짓는다. 번개 치는 날이면 내 곁을 맴돌던 작은 계집아이가 손짓하며 멀어져 간다. 나도 손 흔들며 작별을 고했다. '이제 천둥이 쳐도 울지 말고, 비 갠 하늘가에 늘어진 햇살 오라기 잡고 그네를 타렴.'

어울림

황금빛 이파리에 이끌려 공원에 들어섰다. 금실을 풀어 놓은 듯 나뭇잎이 바람에 일렁이며 반짝거린다. 햇빛에 투영되어 말간 얼굴로 미소 짓는 플라타너스 나뭇잎. 금빛 왕관을 쓴 공주가 살금살금 후원을 거닐고 있는 듯 눈부시다.

가을이면 현란한 빨강, 주홍 단풍잎에 끌렸었다. 이 가을 샛노란 플라타너스 잎이 내 눈을 사로잡는 이유는 무엇일까. 무심하게 그냥 스쳐 가던 사물이 비로소 눈에 보여 아름다움을 식별할 줄 아는 혜안이 열렸을까. 플라타너스 옆으로 목련 잎이 녹색과 황토색으로 살랑거리고, 조붓한 길가 단풍잎은 노을처럼 타오른다. 당단풍나무는 다홍과 치자색으로 치장하고, 소나무는 변함

없는 진녹색으로 고고하게 서 있다. 나무마다 자기만의 빛깔을 뿌리며 어우러져 가을을 수려하게 물들이고 있다.

가을 단풍은 이파리 속에 숨어 있다가 기온이 떨어지면 나타나는 본연의 색이라고 한다. 우리네 삶도 나뭇잎이 무성하던 여름날에는 세사에 떠밀려 자기 색깔을 내밀지 못하다가, 생의 가을로 접어들면서 가슴속에 들어 있던 자신의 빛깔을 드러내는지도 모른다.

젊은 날은 삶의 그물에 얽혀 허둥거리다 하루가 지나간 듯하다. 이제는 짜여진 일상을 벗어나, 나만의 특별한 공간에 발을 디뎠다. 내 안에 숨겨진 씨알을 물레질하여 오색실로 풀어, 날마다 선물처럼 주어진 시간이라는 베틀에 걸어놓고 결 고운 직물을 짜나갔다. 친정어머니께서 한 올 한 올 박음질하여 한복을 짓듯, 나는 한 줄 한 줄 글을 다듬어 책을 펴냈다. 처음으로 책을 낸다는 것은 도전이자 고행이었다. 내 안에 쌓여가는 이야기를 꺼내어 맑고 진솔하게 글로 빚었다. 첫 수필집 『바다에 물든 태양』은 내 마음을 새긴 영혼의 지문으로 남으리라.

수많은 시간과 사유를 거쳐 책을 엮은 자신에게 격려를 보내고 싶었다. 그래서 조촐하게 출판기념 자리를 마련하였다. 먼 길을 달려와 준 지인과 친구, 가족들. 해가 갈수록 나이테처럼 정이 켜켜이 쌓여간 정다운 사람들과 함께하는 축제마당이었다. 길마당을 열 듯 꽃가지가 어우러진 상 위에 다과와 찻잎을 우려낸

녹차가 들어서는 사람들의 목마름을 달래 주었다. 상상초월 동아리의 기타연주 「숨어 우는 바람 소리」로 시작한 식장 분위기는 갈대가 흔들리듯 아늑했다. 계획에도 없던 남편이 환영사에서 "내 평생 가장 잘한 일이 아내와의 백년가약"이라고 말해 사람들의 폭소를 자아냈다. 이야기하듯 이어진 지도교수의 축사에서 '꿀벌같이 나누는 수필가가 되라'라는 말처럼 사람과 정이라는 꿀을 나누며 살아가리라. 친구는 「내 맘의 강물」 가곡을 축가로 부르며 간주곡 사이에 자작시까지 읊어 감상에 젖게 했다. 수필가 선배는 내 이름을 부르며 판소리 「사랑가」를 구성지게 소리해 박수를 받고. 시문학 문우는 수필을 시를 읊듯 감성적으로 낭송해 청중을 사로잡았다. 좋은 사람들의 진정 어린 축하 속에 그날 식장 안은 감동의 물결로 출렁거렸다.

나무가 제각각 고유의 색으로 가을을 물들이듯, 그날 출판 기념에 모인 사람들도 저마다 고운 빛깔로 색칠하여 식장 안을 환하게 비추었다. 사람은 혼자보다는 여럿이 어울려 조화를 이룰 때, 더욱 아름다운 세상이 만들어지나 보다. "사람이 꽃보다 아름다워"라는 노랫말처럼 그날 그곳에 있는 사람 모두가 잘 어울린 아리따운 날이었다.

사람과 웃으며 정을 쌓아온 내 삶이 결코 헛되지 않았다는 것을 가슴으로 느낀 날이다. 인간과 인간 사이가 정으로 이어질 때 따뜻한 세상이 지속되리라. 단풍이 숨겨진 빛깔을 드러내며 찬란히 빛나듯이, 깊어가는 가을을 곱게 물들인 해 질 녘 시월의 어느 멋진 날이었다.

(2013.)

영혼의 손짓

아침에 태극기를 달았다. 골목 어느 집도 태극기가 걸리지 않았다. 제 밥숟가락 놓기 바빠 광복절에 태극기 생각조차 나지 않는 사람들. 지난날 나라를 빼앗겨도 굴하지 않고 살아온 풀뿌리 백성과 목숨 바쳐 독립운동 한 열사들이 있기에, 오늘 푸른 하늘 아래 태극기를 달 수 있는 것이 아닌가.

거실로 들어오자 오래전에 읽은 『아리랑』 책이 책꽂이에서 스르르 펼쳐진다. 일제강점기부터 해방까지 하와이, 만주, 중앙 아시아에 이르는 민족 이동의 발자취를 따라 소작농과 머슴, 아나키스트 지식인의 처절한 삶과 투쟁. 이름 없이 사라져 간 민중의 끈질긴 생존을 담아낸 소설이다. 조정래 작가는 『아리랑』을 통해 잊힌 사실의 복원과 함께 박제된 민족의 역사에 강인한 생명력과 우리 민족의 뜨거운 숨결과 기상을 전하고 있다.

폴란드를 갔을 때 독일 유대인 학살 현장인 아우슈비츠 수용소에 들렀다. 입구 머릿돌 간판에 "우리는 이곳에서 일어난 일을 기억하지 않으면 이런 일이 또 일어날 수 있다."란 글이 붙어 있었다. 그 문구 때문일까. 많은 독일 학생들이 숙연한 분위기로 설명을 듣는 것을 보았다. 독일은 2차 세계대전으로 세계인의 적이 되었지만, 자기들의 잘못된 과거를 반성하고 다시는 그런 과오를 하지 않기 위해 이런 문구를 학살 현장에 써 놓았다.

우리나라를 침략한 일본은 어떠한가? 반성과 사과는 커녕 독도가 자기네 땅이라고 교과서를 고쳤다. 또한 위안부에 대한 진심 어린 사과와 보상도 없이 형식적인 외교적 합의문만 작성해 놓고, 과거처럼 책임을 회피하는 말 바꾸기로 일관하고 있다. 일제강점기 나라의 주권을 빼앗고 민족의 영혼까지 짓밟은, 일본의 잔학상과 교활함을 잊지 말아야 우리에게 다시는 그런 비극이 재현되지 않으리. 한민족이라면 『아리랑』은 꼭 한번 읽어 봐야 할 역사서가 아닐까. 이 작품은 소설이라기보다는 나라의 소중함을 되새기는 선각자의 메시지다.

한일병탄을 앞두고 김제 죽산면에 사는 주인공 감골댁의 아들 방영근이 빚 때문에 하와이로 팔려가며 『아리랑』 이야기는 시작된다. 말이 이민이지 파인애플 농장에서 노예처럼 일한다. 그들은 고통 속에서도 조금씩 돈을 모아 고향에 가는 꿈을 가지고 버틴다. 힘겨운 삶 속에서도 한인들은 독립자금을 모아 빼앗긴 조국이 독립하는 희망을 가슴에 품고 살아간다.

일제강점기 일본인 하시모토는 김제 죽산면 일대의 땅을 차지하려는 야심을 품고. 조선 소작인의 땅을 빼앗는 과정에서 문맹을 이용해 서류에 도장을 찍게 하여 교활하게 토지를 강탈한다. 개화사상을 지닌 송수익은 이런 야비한 외세에 대항해 의병활동을 전개하다 일본군에 쫓기게 된다. 그는 같은 뜻을 지닌 사람들과 만주로 떠난다. 그곳의 황무지를 농토로 만들어 한민족은 만주에 삶의 둥지를 튼다. 하지만 그 땅마저 뺏으려고 일본군은 조선인을 무력으로 추방한다.

그 무렵 연해주에 살던 한국인 이십만 명도 강제 이주 당한다. 연해주에서도 버려진 땅을 옥토로 일궈 낸 조선인의 토지를 러시아는 자국민에게 주려고, 한국인 수천 명을 열차에 태워 중앙아시아 허허 벌판으로 몇 주간 강제 이동시킨다. 기차 속에서 밥도 제대로 먹지 못하고 추위와 배고픔에 시달리는 동포들. 항의하는 젊은이들은 쥐도 새도 모르게 사라지고, 열차에서 내렸을 때 반 이상이 죽어 나가고 건강한 사람만이 살아남았다. 그들의 한 맺힌 영혼이 지금도 이국땅에서 떠돌고 있을 것 같다.

주권 없는 민족이 얼마나 더 비참해져야 하는지 가슴이 저려왔다. 이국땅에서 울음을 삼키며 살아가는 한민족의 비극. 이 시대를 사는 우리에게 조국이 무엇인가 돌아보게 하는 역사의 그림자다.

주인공 감골댁의 딸 보름이와 수국이는 지주의 아들과 일본 앞잡이에게 몸을 버린 뒤, 험난한 인생을 살아간다. 나라만 빼앗긴 것이 아니라 일제 말기에는 어린 소녀들을 위안부로 끌고 갔다. 순박한 처녀들은 전쟁터에서 일본군에게 짐승처럼 짓밟혔다. 조국이 없다는 이유만으로 처절하게 무너져 간 여인들의 생지옥 같은 삶. 다시는 이런 참담한 일이 없도록 되찾은 나라를 지키는 길이 후손들의 시대적 사명이 아닐까.

독립운동을 하던 송수익은 관동군에게 잡혀 모진 고문 끝에 옥사한다. 감골댁 둘째 아들 방대근은 독립군 별동대장이 되어 친일파를 암살하는 데 앞장선다. 전쟁 말기 수많은 독립군이 일본군과 싸우다 전사하거나, 잡혀서 강제징용과 생체실험의 희생자가 된다. 목숨 바쳐 독립운동을 한 이름 없는 그들이 있어 오늘날 대한민국이 존재하지 않을까. 마침내 일본은 패망하지만 미처 돌아오지 못한 한인들. 그들의 후손이 길림성, 중앙아시아 등에 퍼져 있는 교포 3세들이다. 개인의 이익이 우선인 오늘날 『아리랑』은 잃어버린 민족혼을 불러내어 조국애를 일깨우는 민족의 대서사시다.

우리 민족의 쓰라린 일제 강점기에 가슴 아프지 않은 대목이 있으랴만. 우리가 그 슬픈 역사 속에 다시 일어설 수 있었던 것은 한민족의 불의에 맞선 끈질긴 투쟁이 있었기 때문이다. 실제 기록으로 남은 독립운동가 우당 '이회영' 씨가 그렇다. 한일병탄으로 나라를 잃게 되자 조선의 명재상 이항복의 십 대 손인 이회영은 육 형제를 이끌고 간도로 간다. 그는 전 재산을 팔아 현재 가치로 육백억 원이라는 엄청난 독립자금을 마련하여 서간도에 신흥무관학교를 설립하여 독립군을 교육하는 데 앞장선다. 그 많은 독립자금을 항일운동으로 다 쓰고 나중에 그들은 헐벗고 굶주렸다고 한다. 그래도 끝까지 굴하지 않고 독립운동을 하다가 결국은 일본 경찰에 체포되어, 이회영은 옥사하고 그 형제들도 이슬처럼 사라진다.

이회영과 가족들이 바로 『아리랑』 속의 주인공이자 산증인이다. 그들은 인심이 흩어지던 일제암흑기에 민족의 희망을 열었던 선각자로 사회지도층으로서 책무를 다한 것이다. 민족 생존의 싸움에 있어 죽음은 어떤 패배도 치욕도 아니다. 불의에 맞서 싸우지 않는 것이야말로 불명예라는 것을 일깨워 준, 선열의 애국심은 잠자고 있는 우리의 가슴을 두드린다.

해거름에 대문 밖으로 나갔다. 조국의 광복을 못 보고 이국땅에 떠도는 영혼의 손짓인 듯, 바람도 없는데 태극기가 펄럭인다. 깃대에 꽂았던 태극기를 뽑아 들고 만세를 외쳐본다. 해방되던 날, 전주 시내 경원동에 살던 친정어머니도 도로를 메운 군중에 휩쓸려 태극기를 흔들며 "대한 독립 만세!"를 목이 터지라 외치며 거리를 쏘다녔다고 한다. 열사들은 갖은 고초를 겪으며 독립 운동도 하였는데, 광복절에 어머니처럼 만세라도 불러 봐야 하지 않을까. 마침 골목엔 아무도 없어 만세 시위에 합류하는 사람은 없다.

애국지사들이 숨기고 다니던 태극기를 높이 들고, 거리낌 없이 만세를 부를 수 있는 내 조국이 얼마나 소중한가. 오늘따라 하늘이 눈이 시리도록 푸르다.

황당한 순간

요즘 날씨가 더워 한낮에 차 안에 들어가면 실내가 찜통이다. 창문을 닫고 얼른 온도를 낮추는 다이얼을 돌렸다. 한참을 달려도 시원하지가 않다. 에어컨 단추를 누르지 않은 것이다. 스위치를 누르니 센서가 켜졌다. 파란 불빛을 보자 오래전 초보운전 때 에어컨을 처음 켜던 일이 생각났다.

왕초보인 나에게 남편은 더울 때 에어컨 스위치를 누르면 파란 불이 들어오고 시원해진다고 알려줬다. 꼼꼼한 그이는 운전 책자를 읽어보라고 했지만, 귓등으로 듣고 거들떠보지도 않았다. 내가 책을 싫어하느냐면 그와 반대다. 어릴 적부터 책을 좋아해 하루라도 읽지 않으면 입안에 가시가 생길 정도다. 그런데 기계가 그려진 딱딱한 그 책은 보고 싶지 않았다. 그날도 갑자기 더워진 날씨에 운전하다가 에어컨 다이얼을 눌렀는데 파란 불이 들어오지 않았다. 누르고 또 누르며 파란 불이 켜지나 뚫어져라 봤다. 계속 단추만 쳐다보다 문득 앞을 보니 차가 논두렁으로 굴러가고 있지 않은가.

"안 돼, 어머! 어머나!"

급브레이크를 밟았으나 관성의 법칙에 의해 차는 한참 굴러가다 전봇대를 들이받고서야 멈췄다. 무사했을까? 요행히 나는 아무 탈 없고 사랑땜도 못한 애꿎은 차만 볼썽사납게 찌그러졌다.

뒤늦게 정신을 차려 책자를 보니 스위치를 누르고 번호를 돌려야 파란 불이 들어와 에어컨이 켜진다고. 그것도 모르고 단추만 눌러댔으니 파란 불이 들어올 리 만무했다. 무식하면 용감하다고 했던가.

기계 쪽은 무관심해서인지 운전한 지 몇 년이 지나도록 나는 주차를 잘하지 못했다. 어느 날, 주차하고 반듯하게 되었는지 유리문을 열고 확인했다. 모처럼 바르게 잘되어 흐뭇하게 미소 지으며 창문을 닫는데 갑자기 목에 무엇이 턱 걸렸다.

"이게 웬일이여, 시방." 하고 보니까 자동차 유리문과 틀 사이에 내 목이 딱 걸려 버렸다. 그러니까 고개를 쑥 내민 채로 창문을 팍 올려 목에 닿은 것이다. 숨이 넘어가기 직전 아슬아슬하게 유리문을 정지시키고 빨갛게 된 얼굴로 꺼우꺼우 거친 숨을 토한 뒤 목숨을 건졌다. 까딱했으면 그때 단두대 이슬로 사라졌을 사람이 이렇게 살아 있다니 감개무량하다.

또 다른 나의 황당한 연중행사는 남들보다 잘 넘어진다는 것. 어려서는 천방지축 뛰어다니다 그런다 치고 어른이 되어서도 왜 그리 잘 넘어질까. 발이 작아서, 주의력 결핍, 아니면 눈이 나빠서인가. 아무튼 연구대상이다. 내 육신이 주인을 잘못 만나 편할 날이 없다. 그러니까 꿈 많은 처녀 시절 어느 날, 친한 친구가 애인을 소개한다고. 내가 합격을 시켜야 시집을 간대나 어쩐대나. 동무가 행여 노처녀 될 새라 그 자리에 나갔다. 예쁜 내 친구에 걸맞게 잔뜩 멋을 내고 새로 맞춘 뾰족 구두를 신고 갔다. DJ의 은은한 목소리가 울리며 차이콥스키 피아노협주곡 1번이 흐르는 음악다방으로 들어가 다소곳하게 앉아 교양 있는 말들을 주고받다가

"내 친구를 만난 건 행운이네요. 둘만의 시간을 위해 이만 가보겠어요."

하며 아주 품위 있게 다방 문을 열고 나왔다. 두 사람만 남게 되어 기뻤는지 친구는 다방문 밖까지 나와 배웅했다. 거기까지 아주 우아하게 잘했다. 그 다음이 문제다. 예전에는 다방이 지하 아니면 이층이었다. 이층인 그 다방은 공사비를 아끼려고 그랬

는지 층계를 엄청 가파르게 해놓았다. 두 사람이 지켜보는 가운데 뾰족구두를 신고 또각또각 서너 계단을 내려왔을 때 둘의 강렬한 시선을 의식해서인지 휘청 균형을 잃고 층계 아래로 떨어졌다.

그때는 젊을 때라 순발력을 발휘하여 굴렀지만, 정강이가 나무 층계에 부딪혀 아팠다. 하지만 아픈 것보다 처음 보는 남자 앞에서 넘어진 창피함에 벌떡 일어섰다. 두 사람이 놀라 달려왔다. 나는 "괜찮아." 고통을 누르고 교양을 떨며 말했다. 갑자기 친구는 무엇이 그리 우스운지 깔깔거렸다. '남은 아파 죽겠는데 위로를 해주어도 시원찮을 판에……' 안간힘을 쓰며 아무렇지도 않은 척 그 자리를 물러 나왔다. 모퉁이에서 무릎을 보니 멍들고 깎이고 엉망이었다. 무릎도 무릎이지만 구두를 보는 순간 "으악" 소리가 절로 나왔다. 그 당시 한 달 월급을 다 주고 맞춘 구두의 심볼인 뾰족 부분이 뭉그러졌으니 얼마나 아까웠는지. 지금도 황당했던 그 순간이 떠오르면, 아픔을 숨기고 고상한 척 내숭을 떨던 내 모습이 생각나 피식 웃음이 난다.

굽이굽이 넘어진 사연은 한둘이 아니다. 내가 둘째 아이를 가졌을 때다. 시어머니께서 우리 집에 다니러 오셨다. 장손이 태어날 몸이니 항상 조심하라고 일렀다. 그런데 그날 만삭의 몸으로 뒤뚱뒤뚱 걷다가 돌부리에 걸려 넘어지고 말았다. 마루에서 지켜보던 어머니께서 깜짝 놀라

"아이고! 애기 떨어질라. 괜찮냐."

나보다는 금쪽같은 손자가 어찌 될까 봐 맨발로 달려오셔서 배를 어루만지며 어쩔 줄 몰라 하셨다. 내가 씩씩하게 남산만 한 배를 안고 일어서자 어머니께서 막 웃으셨다. 임산부가 뒤뚱거리며 일어서는 모습이 얼마나 우스웠을까. 다행히 우리 아들도 명이 길어 아무 탈 없이 잘 태어났다.

얼마 전 더위를 피해 운일암에 갔다. 밤중에 야영장 언덕배기를 내려가는데, 서방님은 행여 마누라가 넘어질세라 조심하라며 플래시를 비춰줬다. 하지만 찰나에 휘청 넘어졌다.

"아이구! 황당한 자기 때문에 간 떨어져 못 살겠다. 내가 간이 여러 개라 지금까지 명을 보전하고 살지……."

아마도 자주 넘어지는 나 때문에 어이없어 나오는 남편의 장탄식이리라. 주의를 주는 순간에도 넘어지는 못 말리는 황당한 내 운명. 그토록 많이 넘어졌으나 골절상 한 번 나지 않았으니 그나마 불행 중 다행이라 생각한다. 위로인지 다짐인지 모를 그이의 나직한 소리가 소쩍새 울음에 묻어간다.

"위만 보지 말고, 발밑을 보고 다녀요. 제발!"

고개 들고 하늘만 보지 말고 겸손하게 땅을 보며 내 길을 걸어가야겠다.

굼벵이의 날개

목련꽃이 함초롬히 피어 있는 복지원 마당으로 기타를 메고 들어섰다. 흰 나비 한 마리가 햇살을 부여잡고 살랑댄다. '날개를 활짝 펴고 세상을 자유롭게 날 거야.'라는 여느 노랫말처럼 봄바람에 내 마음도 하늘거린다. 처음 만나는 사람들의 환한 웃음을 그리며 마당을 가로질러 갔다.

오늘은 '상상초월' 기타동아리가 지적장애인을 위해 공연하는 날이다. 조용한 멜로디로 무대의 서막을 열었다. 처음에는 무덤덤하던 그들이 경쾌한 리듬 '조개껍질' 노래가 나오자 신바람이 나서 손뼉 치며 따라 불렀다. 예상 외의 반응이었다. 몇몇은 흥에 겨워 무대 앞까지 나와 춤추며 노래했다. 장애우라 감정 전달이 어려워 우리만 연주하는 것이 아닐까. 은근히 염려했는데 사람의 마음은 비슷했다. 시간이 갈수록 열광적인 환호 속에 앙코르까지 받으며 공연은 성공리에 끝났다. 앳된 아가씨 한 명은 무대에서 내려온 나를 붙잡고

"언니, 노래 더 불러요. 나는 노래가 좋아요."

하며 내 뒤를 졸졸 따라다녔다.

누구를 막론하고 음악은 사람을 즐겁게 하나 보다. 잠깐이나마 그들을 기쁘게 해 줄 수 있어 흐뭇했다. 학창시절부터 통기타가 좋아 배우고 싶었다. 하지만 눈앞의 일에 쫓겨 취미는 저만치 밀렸다. 직장을 떠난 뒤에야 지난날 미뤄 두었던 기타를 배우게 되었다. 기타를 메고 다닌 지가 어느덧 삼 년. '서당 개 삼 년에 풍월을 읊는다.'고 동아리를 만들어 작년부터 공연하러 다녔다. 아직은 부족해도 꾸준히 연습하다 보니 어느덧 봉사활동까지 하게 되었다.

언제부턴가 내가 정말 원하는 것이 무엇일까? 더 늦기 전에 하고 싶은 일은 꼭 해봐야겠다는 열망이 가슴 저 밑바닥에서 일렁거렸다. 사람은 꿈이 있을 때 행복하다고 했던가. 현직에서 물러나자 여유로운 시간이 그림자처럼 나를 따라 다녔다. 그동안 못다 피운 꿈을 피우려고 시간의 텃밭에 이랑을 내고 씨앗을 뿌렸다. 텃밭 한 귀퉁이에 소녀 시절 순수한 감성을 다시 심어보려고 동창들과 시낭송을 배웠다. 시낭송 동아리를 만들어 지역행사 때

「일편단심」이라는 시극 공연을 하였다. 그때 유행했던 강남스타일 노래를 개사하여 시나리오를 직접 쓰고, 향단이 역할도 연기하여 내 안에 숨겨진 끼를 한껏 발휘했다.

일상에서 빠져 나와 틈틈이 글을 쓰는 순간은 타임머신을 타고 과거와 현재를 넘나들며 생을 다시 조명하는 시간이다. 돌을 갈고 닦아 보석을 찾아내듯이, 가슴속에 숨겨진 추억과 경험을 관조하여 사유의 강을 건너 쓴 글은 내 영혼의 등불이 될 것이다. 생각을 글로 옮기는 일은 메마른 땅에 묘목을 심고 가꾸는 일처럼 고단했다. 힘들어도 말랑한 시간을 당겨 내 삶의 흔적을 나이테처럼 켜켜이 새겨갈 것이다. 추억은 우리가 감춰두고 살며시 꺼내보는 귀한 보물 같은 것. 과거 어느 순간을 떠올려 글을 짓는 것은 잃어버린 지난날을 되찾아, 밋밋한 일상에 윤기를 더해주는 한 줄기 솔바람 같은 것이리. 나이 들어 기억이 희미해져 갈 때 한 장씩 들추어가며, 내가 살아온 생의 순간순간을 되새김질하여 그 시절로 돌아가 울고 웃어 보리라.

굼벵이는 깜깜한 땅속에서 7년 정도 살다가 매미가 된다. 굼벵이가 환한 지상으로 나와 노래하며 날아다니는 시간은 보름 정도다. 십여 일의 비행을 위하여 칠흑 같은 지하에서 긴 세월을 보내는 매미의 생애. 우리의 생도 어느 한순간의 날갯짓을 위하여 수많은 시간을 준비하고 기다려야 하는지 모른다. 지나간 날은 생존과 책임이라는 가로수가 서 있는 길을 묵묵히 걸어갔다. 이제 등에 멘 삶의 보따리 내려놓고 좋아하는 일을 할 수 있는, 지금 이 시간이 내 인생의 청춘이 아닐까.

수년 동안 어둠 속에서 지내던 애벌레가 매미로 변신하여 날개를 펴고 세상 밖으로 나오듯이. 그동안 땅 밑에서 오랫동안 웅크리다가 또 다른 나로 날갯짓하는 나는, 굼벵이가 날개를 달고 비상하는 것인지도 모른다. 비록 찰나에 불과할지라도 날개를 활짝 펴고 날아가 보련다. 허물을 벗고 새로운 나로 탈바꿈하는 지금이야말로 진정한 나를 찾아가는 정갈한 여정이 아닐까.

5부
복사꽃 필 무렵

우리의 현재가 아무리 찬란하다 해도
추억이 없는 사람은 행복하다고 볼 수 없으리.

물길을 트다

    연일 폭염이라 숲을 찾아 들었다. 바람이 없어서인지 나무 그늘도 그리 시원하지 않다. 물이 흐르는 계곡은 서늘할까 싶어 골짜기로 내려갔다. 상상을 깨고 폭이 좁은 계곡에 자그마한 물웅덩이가 있고 오랜 가뭄으로 물이 실오라기처럼 흐른다. 그래도 아이들은 물이 좋아 고사리 같은 손을 개울물에 넣는다.

    물장난하던 아이는 작은 막대기를 주워 웅덩이 물을 터서 아래로 내려 보낸다. 흙탕물이 새로 판 고랑을 따라 찔끔찔끔 흐른다. 재미있는지 바닥을 더 길게 파낸다. 그때 비탈길로 수런 거리는 소리가 들리고 네댓 명의 아이들이 나타났다. 그 꼬마들은 먼저 온 우리 손주인 대유와 채윤이가 하는 양을 보더니 막대기를 주워 금방 물길을 트는 일에 가담했다. "몇 학년이니?" 야무지게 생긴 남자애를 보며 물었다. "일학년이요." 하자 "나도." 우리 손자가 답한다. 둘은 눈빛으로 통했는지 같이 모랫바닥을 꼬챙이로 파며 도랑을 낸다. 큰 돌덩이가 물길을 막자 "이 돌을 치우자." 대유가 말했다. 둘은 금방 의기투합해서 돌을 치우려 했다. 지켜보던 나는 "돌이 커서 위험해." 내 말은 아랑곳하지 않고 둘이 합심하여 돌덩이를 밀어냈다. 내 힘으로도 못할 것 같은 일을 해냈다. "너희들 대단하다."

어른들은 괜스레 애들을 믿지 못하고 간섭한다. 아이를 상전 대하듯 하는 요즘에 그 꼬마들의 부모는 얼씬도 하지 않는데 나만 못 미더워 계속 아이들을 지켜본다. 아니 덩달아 어린이로 돌아가 신나서 물길 트는 감독을 하고 있는지도 모른다. 큰 돌을 치우고 드디어 도랑을 절벽까지 닿게 했다. 새로 판 고랑에 물길이 닿지 않자 웅덩이 물을 물병으로 길어 나른다. 서로 물병을 먼저 나르려고 달박질하느라 이마에 땀이 송송 맺혔다. 귀찮지도 않은지 도랑에 물이 흐르게 하려고 왔다 갔다 열심이다. 어른 손으로 할 것 같으면 금방 끝날 일이지만 꼬마들은 대공사다. 드디어 새로 판 실개울에 물이 쫄쫄 흘러간다. 그들은 성취감에 환호하며 "물이 여기까지 흘러요." 채윤이가 나를 보며 의기양양하다. "와아! 모두 씩씩하다." 아이들이 씩 웃는다. 사내애들은 잠시도 가만있지 않는다. 물길이 트이자 요리조리 돌아다니며 바위틈에 무엇이 있는지 살핀다. 금방 또 다른 새로운 것을 찾아 발길을 옮긴다.

꼬맹이들의 물길 트는 공사에 잔소리하며 모처럼 동심으로 돌아간 시간이다. 어른들도 누가 무슨 일을 하면 조건 없이 그냥 도와주고 결과에 만족하면 얼마나 좋을까?

그 옛날 가뭄이 극심하면 서로 자기 논에 물길을 대려고 밤에 몰래 나가 윗 논에서 물길을 터서 아래 논에 대다가, 위 논 주인이 나와 물길을 막으면 둘이 진흙 바닥을 구르며 싸웠다. 자기 논의 모가 자라야 식구가 먹고살 수 있기에 농부들의 싸움은 생존 경쟁이었다. 그러다가도 장마철에 물이 넘치면 물고랑을 터주고 추수 때는 서로 품앗이하며 이웃끼리 도왔다. 가난한 시절의 물싸움은 이제 옛이야기로 그리움이 묻어난다.

하지만 요즘은 날이 갈수록 생존이 아닌 이념과 생각의 차이로 다툰다. 남의 입장을 고려하기보다는 흑백논리로 상대를 비방하고 무시한다. 그것도 모자라 미디어로 가짜뉴스를 생산하여 여기저기 나르는 일부 사람들을 보면. 목숨 줄을 지키려 진흙탕을 뒹굴던 농부들의 몸싸움은 오히려, 거짓 없는 순박한 행동인 것 같아 격세지감을 느낀다. 서로의 이해가 어긋날 때 이야기로 풀어 상생하는 길을 트면 좋으련만…….

오늘날 세대 간, 지역 간 갈등 세태를 보면 가난해도 서로 돕고 살던 그 옛날이 그립다. 어릴 적 내가 살던 동네 우물가에서 김치를 담그면 동네 어른아이 할 것 없이 모두 한 가닥씩 나누어 먹었다. 한 집에 셋방 살던 사람들이 어쩌다 고깃국을 끓이면 고기 한 점씩 띄워 방마다 돌렸다. 밤이면 라디오가 있는 사람이 여럿이 함께 들으려고 우물가로 가지고 나왔다. 공터에 가마니를 깔고 들으며 같이 울고 웃었다. 더불어 살며 정을 나누던 그 시절이 아득한 전설 같다. 요즘은 먹고 살만한 세상이 되어서일까. 이웃에 도무지 관심이 없다. 누가 살고 있는지, 죽었는지도 모르는 일이 많다. 독거노인 혼자 쓸쓸히 생을 마감했다는 뉴스를 보면 괜스레 마음이 울적해진다.

오늘 아이들이 도랑을 내며 서로 돕고 즐거워하는 모습에서 우리의 미래가 그리 어둡지만은 않을 것 같다. 새로운 일에 도전하는 용기와 힘을 모아 돌덩이를 밀어내며 물길을 트는 아이들의 어깨동무가 사라지지 않는 한. 사회적 갈등으로 깊게 파인 고랑에 대화의 물길을 터서 메마른 세상을 맑은 물로 채워 가리라.

물을 먹으러 처음 자리를 편 곳으로 잠시 올라갔다가, 꼬마들이 무엇을 하는지 궁금하여 다시 개울가로 내려갔다. 나를 보자마자 아까 그 야무진 사내애가 병을 손에 들고 소리친다. 가까이 다가가 살펴보았다. 병 속에 움직이는 것이 보였다.

"가재를 잡았어요."

그 애는 원시인이 사냥감이라도 잡은 듯 자랑스럽게 말했다. 유심히 바라보니 정말 가재였다. 일급수만 산다고 하는 가재가 살다니 오늘 청정지역에 힐링은 제대로 온 것 같다.

"오우! 진짜 가재네. 어디서 잡았어?"

"저기 바위 밑에서요."

꼬마는 내 손을 잡고 바위 쪽으로 간다. 작은 손의 따스함이 훈훈하게 전해온다.

제3의 페스트

    기우뚱하고 서 있던 배가 삽시간에 거꾸로 뒤집혔다. 배는 밑바닥을 드러낸 채 바다 위에 고래처럼 꼬리를 내밀었다. 어느 날 그마저도 흔적 없이 사라지고 바다는 공기주머니 두 개만 덩그러니 매달고 무심히 출렁거리고 있다.

    지금도 믿어지지 않는다. 수많은 구조선과 사람들이 지켜보는 가운데 속수무책으로 배는 바닷속으로 들어갔다. 아니, 꽃다운 청소년들과 즐거운 여행을 꿈꾸던 사람들이 갑자기 사라졌다. 이제 곧 구해지리라. 희망의 끈을 놓지 않고 날마다 뉴스에 귀를 기울였다. 그러나 전해오는 소리는 '움직이면 위험하다. 가만히 있으라.'는 명령을 하고. 선박직원이 맨 처음 해경 구조선에 올라

탔단다. 인간의 본능이 아무리 살고 싶다 한들, 선내방송을 믿고 대기하는 순박한 사람들을 배 안에 남겨두고 선원들만 먼저 퇴선하다니……. 그들이 구조되는 순간 뱃속에 갇힌 수백 명의 사람은 물이 차오르는 뱃속에서 얼마나 공포에 떨었을까? 출입문이 열리지 않아 갑판 위로 나오지도 못한 채, 순식간에 바닷물에 휘말려 들어간 선량한 사람들을 생각하면 가슴이 아려 온다. 타인의 생명은 안중에도 없는 그들의 극단적 이기주의. 인간의 도리와 양심을 찾으려야 찾을 수 없는 후안무치厚顔無恥한 선원들을 보며 같은 어른으로서 미안하고 부끄러울 따름이다.

사람들은 생각했다. 사고 원인이 처음엔 급선회하다 맹골수 빠른 물살에 배가 기울었나 보다고. 그러나 시시각각 드러나는 침몰의 배후에는 탐욕에 눈먼 선주와 그 추종자들의 음모가 있었다. '이 세상은 돈이 신이다. 돈이 있으면 죄도 없어진다.' 이런 신조 아래 배를 개조하여 적재량보다 두 배나 많은 물량을 실어, 갑절로 돈을 버느라 여객선은 과체중으로 몸살을 앓고 있었단다. 세월호는 날마다 과식으로 뚱뚱한 몸무게를 더는 견딜 수 없어 스스로 바다로 들어갔는지도 모른다. 그들은 돈이라는 세균에 서서히 감염되어 불치의 페스트에 걸린 것은 아닐까?

『페스트』는 카뮈의 작품으로 프랑스 어느 마을에 중세 유럽 인구의 1/3을 휩쓸어간 전염병이 퍼져가는 이야기다. 처음엔 대수롭지 않게 여긴 페스트가 빠르게 번지면서 도시는 죽음의 거리가 된다. 전염을 막기 위해 도시는 폐쇄되고 그곳에 갇힌 사람들은 정부의 무관심에 분노하고, 생존의 위협과 가족을 잃은 충격에 정신적으로 피폐해져 간다. 하지만 그곳에 시민을 구호해야 할 관리는 떠나고 없었다. 주인공 의사 리오와 봉사하는 주민만이 페스트에 걸린 사람들을 살리려고 안간힘을 쓴다. 고통과 절망, 슬픔 속에 피어오르는 평범한 사람들의 뜨거운 인간애가 감동으로 다가오는 소설이다.

세월호 침몰도 우리 사회에 만연된 안전 불감증이 곳곳에 도사리고 있다가, 어느 순간 페스트균처럼 퍼져 우리 사회를 병들게 하였는지도 모른다. 세월호가 바다로 기울고 있을 때 선원에게서 연락받은 해운회사 직원은, 침몰 원인인 과적을 숨기려고 비리 은폐에 정신이 없었다. 사람의 목숨이 촌각을 다투는 찰나에도 그들은 자신의 목숨줄 지키기에 급급하였다. 파렴치한 그들의 행태로 말미암아 생명을 구할 수 있는 골든타임을 그냥 흘려보냈다. 남이야 죽거나 말거나, 오직 자신의 이익만을 챙기는 그들은 황금만능주의가 낳은 돈벌레들이 아닐까?

세월호 선주의 탐욕과 해운회사 직원들의 무책임한 행동도 기가 막히지만, 그들을 감시해야 할 해운조합까지 뇌물을 받고 허울뿐인 검사를 했다니 말문이 막힌다. 관리 책임이 있는 정부의 재난시스템 미비와 실행능력 부재. 또한 해경의 초기 구조도 적극적으로 대처하지 못했다. 이렇게 기본과 원칙을 무시한 우리의 허술한 사회안전망과 도덕적 해이가 총체적으로 결합하여 만들어낸 세월호 참상. 고도성장의 그늘에 가려진 사회적 부조리라는 병균에 감염되어 우리도 모르게 정의가 죽어 가고 있다.

이번 여객선 침몰로 드러난 사회적 병폐는 현대 사회가 안고 있는 정신적 전염병으로 무섭게 퍼져가는 제3의 페스트가 아닐까? 사회 구석구석이 서서히 페스트에 걸려 원칙이 무너지면서 세월호 같은 비극이 일어난 것이리라. 무한경쟁의 부산물인 욕심에 눈이 멀어, 인간의 존엄성과 행복은 뒷전으로 밀리는 인간성 상실이 오늘의 현주소 같아 가슴이 먹먹해 온다.

그리스 '시지프의 신화'에서 신의 비밀을 발설한 죄로 돌덩이를 산 정상에 올리지 않으면 그 바위에 깔려 죽는 형벌을 받게 된 시지프. 바위를 밀어 정상에 올리면 내려오고 시지프는 살기 위해 다시 끙끙거리며 굴러오는 바위를 밀고 올라가기를 계속한다. 그 신화처럼 우리 인간도 끝없이 반복되는 부조리에 밟히지 않으려고 그 멍에를 메고 살아가는 것 같다. 언제쯤 우리는 탐욕의 굴레를 벗고 살아갈 수 있을까?

우리 민족은 국난이 오거나 핍박을 당하면 불의에 공분하여 일어선다. 하지만 시간이 지나면 씻은 듯이 다 잊고 용서도 빨리 한다. 돌이켜보면 일제 강점기 때 나라를 팔아 사리사욕을 채운 고관대작들. 그들은 백성을 지키기는 고사하고, 자신의 평안을 위해 일본과 결탁하여 독립군을 처벌하는 데 앞장서는 매국노로 전락했다. 해방 뒤에도 국가는 매국노를 처벌하지 않고 관리로 채용한 결과 그들은 계속 부와 권력을 누렸다. 그 후유증으로 지금껏 우리 사회는 수단과 방법을 가리지 않고 돈과 권세를 잡은 자가 최고라는 세상 풍조가 만들어지고 말았다. 그런 사람들이 지도층으로 있는 한 사회 부조리는 지속될 수밖에 없다. 늦은 감이 있으나 이제라도 우리는 인재人災가 일어난 그 당시만 의분에 들끓지 말고. 잘못된 자는 엄벌하고 의로운 사람이 대접받는 세상으로 만들어 가야 할 것이다.

진실을 말하지 않으면 부조리는 사라지지 않는다. 세월호 참사로 수면 위로 드러난 사회 곳곳의 비리를 없애려면, 불의를 보고 용기 있게 저항할 줄 알아야 한다. 황금만능주의자들이 곳곳에 심어 놓은 독버섯을 뿌리째 뽑아 우리 세대에서 부패와의 고리를 끊어야 한다. 사회 구성원 각자가 기본과 책임에 충실할 때 서로 믿고 사는 좋은 세상이 다가오리라. 그래야만 우리 후손들이 다시는 참담한 인재가 일어나지 않는 나라에서 안전하게 살 수 있으리.

우리 역사를 보면 힘든 시기마다 나라를 구한 건 관리나 부자가 아니다. 힘없는 노비나 평범한 백성이 일으킨 의병과 독립군들이었다. 어려울 때마다 우리 민족은 끈끈한 정으로 마음을 한데 모았다. 역시 이번 세월호 비극 현장에서도 사랑의 등불을 밝혀준 사람들이 있었다. 학생들을 구하고 구명조끼마저 양보하며 마지막까지 구조의 손길을 펴다 간 교사들과 일부 여자 승무원. 줄을 내려뜨려 수십 명을 구한 용감한 기사 아저씨들. 친구를 위해 구명조끼를 벗어 주고 나오지 못한 소년. 갑자기 당한 참담한 사고로 충격과 비탄에 잠긴 유족을 위하여 전국에서 모여든 만여 명의 자원봉사자들의 헌신적인 돌봄. 그들은 슬픔 속에서도 어두운 세상을 밝히는 한 줄기 빛이었다. 그렇게 선한 사람들의 작은 힘이 사랑의 강물로 흘러 정의의 바다가 출렁거릴 때, 우리 사회의 부조리 제3의 페스트균을 물리칠 수 있으리라.

바다로 사라져간 그들이 노란 리본 속에서 미소 짓는다. 그대들의 영혼은 바람 되어 하늘을 날고, 서러운 이 세상일은 구름에 띄워 보내고. 그대들의 못다 핀 꿈은 하얀 민들레 씨 되어 세상 여기저기 아름다운 꽃을 피우리라.

먹장구름을 뚫고

우르르 쾅 천둥 치는 소리에 잠에서 깼다. 우두두 빗소리가 들리는가 싶더니 빗방울이 얼굴을 스친다. 잠결에 일어나 창문을 닫았다. 순간 번개가 번쩍이며 어둠에 묻힌 방안을 환히 비춘다. 침대 옆자리가 비어 있다. 이렇게 우렛소리가 요란한 날 하필 그이는 출타 중이다.

천둥소리에 놀라 쉽게 잠이 들지 않는다. 복슬강아지도 무서운지 창밖에서 처량하게 울어댄다. 현관문을 열고 순둥이를 안으로 들였다. 온몸이 비에 젖어 부들부들 떤다. 수건으로 물기를 닦아주고 쓰다듬어 주자 안심한 듯 발판에 엎드린다. 방으로 들어와 불을 끄고 누웠다. 아직도 뇌성 소리가 먼 하늘에서 들려온다. 천둥소리에 묻어온 기억이 빗소리를 타고 밀려온다.

그날도 우렛소리에 화들짝 놀라 눈을 떴다. 초등학교 육학년 그때도 내 곁엔 아무도 없었다. 세찬 비바람에 삐걱대는 방문을 붙잡고 어둠 속에서 혼자 울먹였다. 당시 어머니는 시골 친척 집에 일손을 도우러 가고 없었다. 하나뿐인 언니마저 일찍이 서울로 가고 칠흑같이 어두운 밤에 혼자 집을 지킨다는 것은 얼마나 두려운지……. 더군다나 오늘처럼 비바람에 천둥이 우는 날은 파랗게 질려 어쩔 줄 몰랐다. 당시는 중학교도 입학시험을 치르는 터라 결석하면 선생님께 호되게 야단을 맞았다. 그래서 엄마를 따라가지 못하고 혼자 밥을 지어 먹으며 시내에서 학교에 다닐 수밖에 없었다.

그날은 바람 소리가 세상을 삼킬 듯했다. 정짓간에서는 갑자기 와르르 쏟아지는 소리가 들리고 닭들이 푸드덕거렸다. 무서움을 무릅쓰고 닭들이 위험할 것 같아 방문을 열고 부엌으로 나갔다. 살림에 보태려고 어머니는 정짓간 구석에 철망을 치고 닭을 키웠다. 아무도 없으니 닭을 먹이고 거두는 것은 내 몫이었다. 부엌에 들어서자 닭장에 물이 가득했다. 구멍 뚫린 지붕에서 물이 폭포수처럼 쏟아졌다. 닭들은 물에 젖어 이리 뛰고 저리 뛰며 아우성이었다.

공포는 어느새 저만치 달아나고 닭들을 구해야겠다는 생각에 정신이 번쩍 들었다. 양동이를 놓아 물을 받아내고 부지깽이로 임시 물길을 터서 닭장 바닥이 물바다가 되는 걸 막았다. 그리고 닭들을 비가 안 새는 쪽으로 몰았다. 어디서 그런 생각이 났는지 나는 닭들을 살리는 데 온 힘을 기울였다. 외로울 때 닭들은 동무였다. 원래부터 털이 없는 '못난이' 닭은 다른 닭들에게 쪼이고 따돌림을 받았다. 그 모습이 안쓰러워 부엌 바닥에 내놓고 키웠다. 커다란 갈색 암탉 '곰순이'도 순해서 같이 내놓았다. 곰순이와 못난이는 밥을 짓거나 돌아다니면 강아지처럼 졸졸 나를 따라다녔다. 외로운 아이와 동물의 따스한 동행이었다. 그렇게 다정한 친구들이 물속에서 허우적대는데…… 닭들을 살려야겠다는 일념으로 정짓간에 쏟아진 물을 밤이 새도록 대야로 퍼냈다. 한참을 난리법석을 떨고 보니 어느새 먹장구름을 뚫고 먼동이 트고 있었다.

잠은 자는 둥 마는 둥 호랑이 선생님께 혼이 날까 봐 나는 허둥지둥 학교로 갔다. 종일 교과 공부하고 밤에도 교실에서 학습했다. 짝꿍 엄마는 저녁이면 멋진 옷을 입고 양은 주전자에 소고깃국을 끓여 가지고 와서 짝에게 먹였다. 얼굴이 희멀쑥한 옆아이는 먹기 싫다고 투정을 부렸다. 나는 부러운 눈으로 바라보다가 개구멍을 통해 학교 담벼락 뒤에 있는 집으로 갔다. 그여름날, 아무도 없는 집에 들어서서 먼저 마당에 심어 놓은 동이 올라온 상추를 쓱쓱 베어서 쌀겨와 물을 섞어 닭들에게 먹이를 주었다. 찬밥을 먹으려는데 후덥지근한 날씨에 쉰내가 났다. 물에 씻어 신김치에 뚝딱 먹고 어스름을 밟으며 학교로 갔다.

콩나물시루 같은 교실에서 날마다 교과서에 크레용을 칠하고 칼로 긁어가며 줄줄 외우고 수없이 쪽지 시험을 보았다. 전기가 부족해 촛불을 켜놓고 야간학습을 하였다. 그날 새벽부터 닭들을 물구덩이에서 구해내느라 지쳐서 꾸벅꾸벅 졸았다. 촛불에 크레용을 잘라 넣고 꿈을 꾸었다. 빨강, 파랑으로 흘러내리는 촛농을 바라보며 그 아이는 신데렐라가 되어 '나도 언젠가는 무지개처럼 피어오를 거야.' 상상하며 행복해했다.

삶은 어차피 자기 몫만큼 감당하고 살아가나 보다. 그 작은 아이가 어디서 그런 담력이 있어 번개 치고 천둥 우는 날, 한밤에 물에 빠진 닭들을 구해 냈을까. 여름과 가을 그 긴 시간을 밤해 먹으며 밤공부하여 우등상도 타고 중학교에 들어갔다. 지금 생각해 보면 병약했던 내가 감당하기 힘든 일이었다. 그건 아마도 어머니의 당찬 기질을 닮아서인지도 모른다.

아버지를 일찍 여의고 이듬해 유복자 남동생까지 떠나보낸 어머니의 젊은 날. 경계 너머로 떠난 지아비와 아이 생각으로 우두커니 있기에는 현실이 너무 절박했단다. 설움을 안으로 걸어 잠그고 궂은일도 마다치 않고 생의 한가운데를 꼿꼿하게 걸어가신 어머니.

궁핍한 그 시절, 한 끼도 굶기지 않고 나를 품어 주신 다부진 당신의 용기가 내 안에 흐르고 있나 보다.

　살면서 힘든 일과 부닥치면 걱정보다는 도전하여 그 고비를 넘어간다. 모든 일은 지나간다. 그 순간을 어떻게 대처하느냐에 따라 인생이 빛과 어둠으로 갈린다. 길 없는 산속에서 계곡 사이를 가로지르는 밧줄에 매달려 학교에 가는 중국의 차마고도 학생들처럼. 주어진 여건에 순응하며 나는 강물 위에 생의 징검돌을 하나씩 놓아, 강을 건너 초록의 들판을 찾았다. 여물지 않은 어린 나이지만 먹장구름을 뚫고 햇빛 속으로 걸어갔다.

　빗소리가 잦아들더니 사방이 희붐하게 밝아온다. 창문을 열자 구름 사이로 감청색 하늘이 얼핏 보인다. 햇빛을 온 누리에 펴려고 지난밤에 번개와 천둥이 그렇게 요란했나 보다.

노을 젖은 고북구성

산속에 묻힌 마을로 들어갔다. 담장에서 놀던 아이가 눈을 동그랗게 뜨고 지나는 우리를 바라본다. 산간벽지에 알록달록한 옷을 입은 여인네들이 밀려오니 신기할 수밖에. 여기가 박지원이 말한 혹부리 아낙이 많은 마을인지도 모른다. 오가는 사람을 유심히 살폈으나 혹 달린 사람은 보이지 않았다. 세월 따라 그들도 사라져 갔을까. 동네를 벗어나 오르막길을 싸드락싸드락 걸었다. 산모퉁이를 돌아들자 저 멀리 고북구 장성이 보였다. 고갯마루에 오르니 북구문이 반원의 그림자를 늘이고 우리를 맞았다.

산자락을 따라 성곽이 굽이굽이 줄지어 있었다. 검푸른 빛을 내뿜는 고색창연한 장성과 새로 복원한 성곽이 세월의 더께를 껴입고,

초록으로 물든 산줄기를 따라 뻗어 나갔다. 일찍이 진시황제가 외적을 막기 위해 능선 따라 쌓은 만리장성. 그 당시 몽염 장군은 "내가 장성을 임조에서 시작하여 요동에 이르기까지 만여 리나 쌓으며 종종 지맥을 끊지 않을 수 없었다."고 말했다. 지금 고북구 장성을 보니 그 말대로 산을 파내고 골짜기를 메워 성이 이어지고 있었다. 능선을 휘돌아 이어진 성곽은 곳곳에 망루가 보이고 높이 또한 다섯 길은 넘어 보였다. 북경에서 보았던 장엄한 만리장성이 후미진 벽촌 고북구까지 이어지다니…….

산동네를 건너 언덕배기를 지나 북구문에 오르는데도 가쁜 숨을 몰아쉬었다. 연암 박지원의 발자취를 찾아서 답사팀은 북경까지 비행기를 타고 버스로 이동하여 고북구에 다다랐다. 고북구성 초입에 있는 마을에서 고갯마루 성문까지 한 시간쯤 걷는 데도 힘이 들건만. 박지원은 한양에서 이곳 고북구 장성까지 수천 리를 어떻게 걸어왔을까?

정조임금 때 사신단 일행으로 압록강에서 열하까지 여정을 『열하일기』로 써낸 연암 박지원. 그는 고북구 성에 한밤중에 도착했고, 나는 석양을 머리에 이고 성문에 닿았다. 이백여 년 전 박지원이 이곳 성곽 한 귀퉁이에 써놓은 문구가 희미하게나마 남아 있기를 바라며 그의 흔적을 더듬어 본다.

조선의 실학자 박지원은 1780년에 삼종형 박명원이, 청나라 황제

만수절 축하 사신단 정사로 연경으로 갈 때 수행원으로 동행한다. 걷거나 말을 타고 천신만고 끝에 연경에 도착했는데, 건륭제는 여름별장인 열하로 가고 없었다. 황제의 명에 의해 사신단은 촌각을 다투어 열하로 떠날 수밖에 없었다. 일정에 없는 피서 산장으로 갑자기 떠나려니 며칠을 잠도 제대로 못 자고 가는 강행군 이었다.

사신단 일행은 성 밖에서 저녁밥을 지어 먹고 어둑한 산길을 구불구불 돌아 고북구 성에 이르렀다. 험하기로는 고북구만 한 요새가 없다. 이곳은 몽고가 드나드는 목구멍에 해당하므로 겹겹의 관문을 만들어 험준한 요새를 지켰다고 한다. 성안은 밤이 깊어 집집마다 문이 닫혀 있어 연암은 바로 성문을 나섰다. 세 겹의 관문을 나온 뒤 말에서 내려 박지원은 장성 아래 섰다. 별빛 아래 술을 부어 먹을 갈고 찬 이슬에 붓을 적셔 성벽 한 귀퉁이에 이렇게 썼다. "건륭 45년 경자 8월 7일 야삼경에 조선의 박지원, 이곳을 지나노라." 그리고는 크게 웃었다. 그는 한낱 서생으로 머리가 희끗희끗해서야 장성 밖을 나가는 감회를 누를 길 없어 「밤에 고북구를 나서며夜出古北口記」라는 글을 쓴다.

아! 여기는 예로부터 수많은 전쟁이 일어난 곳이다. 사방으로 산이 둘러싸고 있어 골짜기들이 쓸쓸하고 적막했다. 때마침 상현

달이 고개에 드리워 떨어지려 한다. 그 빛이 싸늘하게 벼려져 마치 숫돌에 갈아놓은 칼날 같았다. 북두칠성의 자루 부분은 반쯤 관문 안쪽으로 꽂혔다. 벌레 소리가 사방에서 일어나고 긴 바람이 싸늘하다. 숲과 골짜기가 함께 운다. 짐승같이 가파른 산과 귀신 같은 봉우리들은 창과 방패를 벌여 놓은 듯하고, 두 산 사이에서 쏟아지는 강물은 사납게 울부짖어 철갑으로 무장한 말들이 뛰고 쇠북이 울리는 듯하다. 하늘 저편에서 학 울음소리가 대여섯 차례 들려온다.

이 얼마나 감성이 넘치는 섬세한 문장인가! 박지원은 풍채가 크고 말소리 또한 우렁찼다고 했다. 기골이 장대한 장부에게서 이토록 서정성이 흐르는 유려한 문체가 나올 줄이야. 구한말 1900년에 『연암집』을 발간한 한학자 김택영이 조선 최고의 명문장이라고 칭송할 만하다.

고북구 성문 계단을 올라 문루에서 사방을 둘러보았다. 산줄기를 따라 장성이 둘러 있고 『열하일기』에 서술한 것처럼 깎아지른 골짜기가 곳곳에 입을 벌리고 있다. 세월은 흘러도 산세는 그대로 인듯하다. 멀리 갈맷빛으로 호랑이가 누워있는 모습의 호야산이 보인다. 그 산 너머에서 거란과 돌궐 오랑캐가 언제 쳐들어올지 몰라 능선을 따라 만리장성을 쌓았다고 한다. 눈으로는 가늠조차 할 수 없는 장대한 국가 방벽이다. 성을 쌓으려고 그 옛날 수많은 사람이 돌을 지고 끙끙대며 오르내렸을 산비탈. 그들의 한숨소리인 양 '까악까악' 울음소리를 물고 까마귀 한 마리 망루를 향해 날아간다.

고북구 문루에서 저만치 오래된 전통 가옥들이 납작 엎드려 있다. 저곳이 한밤중에 박지원이 고북구 성문을 넘어 다다른 곳인가. 그들을 안내하는 청나라 제독이 집집마다 문을 두드려 주인이 겨우 얼굴을 내밀어 물 건너는 법을 가르쳐 준 그 마을일지도 모른다. 이곳 중국 땅에도 수많은 나라가 생기고 멸망하고 영웅과 백성들도 시간에 끌려 사라져 갔다. 그래도 흙벽돌로 쌓은 고북구 장성은 지금까지 남아, 연암의 흔적을 그려 볼 수 있는 지표로 역사 속에 오래 기억되리라.

호야산에 해가 넘어간다. 지난날 수많은 전쟁의 상처를 안고 산굽이마다 핏빛으로 물들어간다. 능선 자락을 휘감은 고북구 만리장성도 노을에 젖어든다. 압록강에서 열하까지 겪은 일을 하루도 거르지 않고 일기로 쓰느라 말 위에서도 글을 쓰고, 밤새워 사람들과 소통한 천부적인 이야기꾼 박지원. 그의 불타는 열정인 듯 산꼭대기 너머로 주홍빛 날개가 퍼덕이다 사위어 간다.

복사꽃 필 무렵

    보슬비가 내리는 날 건지산에 올랐다. 과수원 복사꽃이 구릉 위를 연분홍으로 물들이고 나무 아래 보리 이파리는 초록으로 살랑거린다. 가까이 다가가니 꽃잎에 빗물이 이슬처럼 맺혔다. 연분홍 꽃에 맺힌 물방울이 눈물처럼 떨어진다.

    복사꽃이 필 때면 여고 동창들을 만난다. 그동안 삶에 쫓겨 허둥지둥 살다가 옛날이 그리운지 십여 년 전부터 해마다 전국에서 모인다. 견우와 직녀처럼 일 년에 한 번씩 만나면 우리는 반가움에 얼굴 가득 웃음꽃이 피어났다. 모처럼 만난 동기들은 여기저기 봄나들이 다녔다. 지천으로 피어난 꽃그늘 아래서 소녀 시대로 돌아가 재잘재잘 이야기 실타래를 풀었다. 여고 때 가정

시간에 병풍 자수를 삐틀삐틀 놓으면 "그렇게 덜렁거리다 시집도 못 간다."라는 선생님 잔소리에, 우리는 결혼 안 한다고 킥킥거리며 웃던 이야기. 담임이 사춘기 소녀들을 골려 주려고 사랑이 뭐냐고 질문하자마자 내가 '사 더하기(+) 랑이요.'라고 큰소리로 대답해 급우들이 책상을 두드리며 박장대소하던 일. 요즈음 어떤 애는 판소리 완창하고, 누구는 무궁화만 그려 전시회를 열고 꾀꼬리는 교장이 되었다는 등 우리 이야기는 끝이 없었다. 일상을 벗어나 흘러간 강물에서 추억을 건져 올리는 우리 만남은 다시 청춘으로 돌아가는 삶의 청량제였다.

처음엔 호기심으로 나온 동기들이 안 오기도 하고 관심이 없는 사람, 삶에 쫓겨 못 오는 사람이 많아졌다. 해를 거듭할수록 자주 나오는 사람끼리 만들어 가는 모임처럼 되었다. 자연히 만남이 잦은 친구들 사이에, 쌓여간 시간만큼 정도 깊어져 갔다.

어느 해, 졸업 후 얼굴을 한 번도 보지 못한 숙이가 어스름 땅거미를 등에 지고 불현듯 나타났다. 우리는 모처럼 나타난 옛 친구를 환호하며 반겼다. "너희가 문득 보고 싶어 왔다."며 그 애는 옛정이 생각나는지 내 손을 잡고 "왜 연락 한번 안 했어." 하며 서운해했다. 단절된 만남이지만 세월의 절벽을 뛰어넘어 우리는 스스럼없는 학창 시절로 돌아갔다. 그동안 궁금한 이야기를 나누며 밀린 얘기를 두서없이 풀어냈다. 오랜만에 만나

해후를 다 풀기도 전에 그 애는 갑자기 나타난 것처럼 서둘러 일어났다. 급한 일이 있어서 가야 한단다. 우리는 잡지도 못하고 그냥 보냈다.

그것이 마지막이 될 줄이야. 그 애는 생을 포기하고 먼 길을 떠났다. 무엇이 그리 힘들어 돌아오지 못할 길을 갔을까? 말수가 별로 없던 숙이, 마음에 맺힌 설움이 있었다면 가슴이나 후련하게 말이나 해보고 떠나지……. 어찌하여 그 먼 길을 서둘러 갔는지 애처로울 뿐이다. 마지막 가는 길에 그 옛날 동창이 그리워 찾아 왔을까.

언제나 따뜻한 미소를 띤 얼굴로 나타나는 복이는 마음을 포근하게 감싸주는 친구다. 볼이 발그레한 그 애는 복사꽃을 닮아 수줍음이 많았다. 항상 남을 배려하는 정 많은 친구다. 복이는 해마다 동창회에 참석하는 일이 즐거움이라고. 웬일인지 어느 해에는 오지 않았다. 우리는 친구의 소식이 궁금하였다. 알고 보니 암으로 투병 중이란다. 모두 안타까워하며 완쾌되기를 바랐다. 우리 바람대로 친구는 다음 해 웃으며 나타났다. 모두 탄성을 지르며 반겼다. 하지만 그 애는 우리의 예상을 깨고 애잔한 말을 전했다. 암이 핏줄로 전이 되어 치료가 어렵다고. 그래서 친구들이 더 보고 싶어 달려왔단다. 모두 할 말을 잃었다.

복이는 먼 나라 이야기하듯 자신의 처지를 담담히 말했다. 지인들과 모임도 정리하고 남편에게 통장과 집안 사정도 다 알려 줬다고 했다. 세속을 떠난 수도승 모습이 저럴까. 모두 눈물을 감추려 애쓰는데 동무의 표정은 너무도 평온했다. 이미 생을 저만치 떨어져 관조하는 방관자였다. 아직은 이른데 어찌 저리도 태연할 수 있단 말인가. 밤이 이슥해서 친구는 밖에서 기다리던 남편과 함께 돌아갔다. 얼마 뒤 걱정되어 복이와 통화를 했다. "나는 그냥 그만그만해. 염려해 줘 고맙다."는 전화 속 친구의 목소리는 끊어질 듯 이어졌다. 그해 여름날, 그 애는 삶의 저편으로 가뭇없이 사라졌다. 웃으며 손 흔들던 벗의 모습이 지금도 눈에 선하다.

해마다 복사꽃처럼 화사하게 웃으며 나타나던 복이. 우리가 친구의 추억 속에선 보석이었을까. 먼 길 가는 길에 순수했던 여고 동창의 모습을 마음에 담아 가려고 아픈 몸을 이끌고 나타났는지도 모른다. 우리의 현재가 아무리 찬란하다 해도 추억이 없는 사람은 행복하다고 볼 수 없으리. 그 애는 동무들과 보낸 아름다운 기억을 가슴에 안고 갔을까. 작별을 고하며 멀어져 간 친구의 웃음 띤 얼굴이 울음보다 더 서러웠다.

몇 해 전 숙이는 무언가에 쫓기듯 불안한 모습으로 우리를 황급히 보고 간 뒤 세상을 등졌다. 반면에 복이는 인생을 달관한 듯 잔잔한 목소리로 생을 차분히 마무리하는 의연한 모습을 보이고 떠났다. 둘 다 세상을 떠난 친구지만 삶을 마무리하는 태도가 달랐다. 한 사람은 시련을 견디지 못해 지상을 떠나고, 다른 한 사람은 자신의 생을 찬찬히 뒤돌아보며 초연한 얼굴로 미소 지으며 갔다. 생의 끝자락에 나는 어떤 모습일지…….

순간순간이 모여 한 사람의 일생이 된다. 지금 자신에게 주어진 이 시간이 생애 최고의 날이라 생각하고, 매 순간 열성을 다하여 살아야 하리라. 산 날보다 살아갈 날이 짧은 가을 언덕에서, 삶의 매듭을 어떻게 지을지 생각해 본다. 그래야 먼 길 떠날 날이 갑자기 찾아올지라도, 허둥거리지 않고 생을 차분히 마무리하며 담담히 떠날 수 있을 것이다.

모두가 가는 또 다른 길. 그 운명 앞에서 "자신이 태어나기 전보다 세상을 조금이라도 살기 좋은 곳으로 만들어 놓고 떠나는 것."이라는 어느 시인의 말같이. 골목 한 귀퉁이라도 아름답게 가꾸고 떠나야 하리라. 눈부신 아침 햇살과 붉게 물든 저녁놀처럼, 자신의 하루하루를 곱게 물들여 갈 때 생의 정갈한 마무리가 기다리고 있지 않을까.

연분홍 꽃잎에 맺힌 빗방울에 그 애의 환한 미소가 떠오른다. 아마도 해마다 복사꽃 필 무렵이면 친구를 만나 웃음 지었기 때문이리. 안개비 속에 피어 있는 복사 꽃잎에 맺힌 물방울이 찬란한 슬픔으로 아롱진다.

마지막 순간

한 남자가 손으로 입을 막고 웅크리고 있다. 여인은 공포에 질려 눈을 부릅뜨고 무언가를 붙잡으려 몸부림친다. 또 한 사람은 코를 막고 팔을 굽힌 채 엎드려 있다. 커다란 개는 사지가 뒤틀린 채 꼬여 있다. 그들은 지옥에서나 볼 수 있는 군상들로 엎어지고 오그라든 채 이천 년의 세월을 뚫고 눈앞에 나타났다. 배스비오 화산 폭발로 고통에 몸부림치며 죽어 가는 모습을 복제한 형상. 그 모양새가 너무도 비참하여 그들의 재앙이 피부로 느껴졌다.

'폼페이 유물전'이 열리고 있는 중앙박물관의 전시실 풍경은 시공을 넘어 참담한 광경이 생생하게 다가왔다. 이와 대비되게 다른 전시실엔 폼페이 시민들의 일상을 나타내는 프레스코벽화와 조각상이 나열되어 있었다. 화려한 색상과 눈부신 대리석 상을 보며 그들이 얼마나 호화롭게 살았는지 그림이 그려졌다. 상상의 꼬리를 물고 오래전 유럽여행의 기억이 떠올랐다.

나폴리만에 있는 폼페이는 오래전 베수비오 화산이 폭발하여 흔적도 없이 사라졌다. 기나긴 세월 화산재에 묻혀 있던 신비의 도시. 말도 잘 통하지 않는 현지 가이드와 폼페이 유적지로 들어섰다. 입구에 늘어서 있는 비너스 신전의 기둥들이 우리 일행을 반겼다. 신전을 지나 골목길로 접어들자 양옆으로 벽돌로 쌓은 건물이 늘어서 있고 포도주 통과 생활용품들이 곳곳에 보였다. 움푹 들어간 벽면에는 신의 형상을 새긴 조각상들이 서 있었다. 한참을 걸어 부서진 원형경기장 안으로 들어갔다. 아직도 고대의 흔적을 간직한 관람석에 잠시 앉아 보았다. 그 옛날 전차경기를 보던 시민들의 환성이 어디선가 들려오는 듯했다.

안내자를 따라 찾아간 폼페이 대중탕은 납으로 만든 관으로 수돗물을 끌어들였다. 자연채광을 위한 창문과 돌을 이용해 수세식 화장실까지 만들어 놓았다. 탕 안 곳곳의 대리석 상들은 섬세하게 새겨져 있어 과학적이고 예술성까지 갖춘 목욕탕이었다. 이미 이천 년 전에 오늘날과 비슷한 최고의 문화생활을 누린 도시의 모습에 입이 벌어졌다. 땅 밑에 폼페이가 그대로 묻혀 있어서 고대 로마의 생활상을 생생하게 엿볼 수 있었다. 수천

명의 생명을 앗아간 두꺼운 화산재가 오히려 그 당시 유적을
보존하는 버팀목이었다니 역사의 아이러니다.

박물관에 벽화로 전시된 정원 모습은 아름다운 꽃과 나무, 새들
까지 화려하게 그려져 있어 천국을 연상케 했다. 그 시절 폼페이
귀족들이 얼마나 풍요와 사치를 누렸는지, 그림과 조각으로
미루어 짐작이 갔다. 그들은 우리가 상상하는 천상과 같은 곳에서
목욕하고 침상에 누워 요리를 먹으며 쾌락을 맘껏 누렸나 보다.

서기 79년 여름 낮, 갑자기 지축을 흔드는 소리가 지진인 줄
알고 집 안에서 멈추길 기다리던 폼페이 시민들. 베수비오 화산의
폭발로 끝없이 흘러내리는 용암과 뜨거운 돌덩이가 쏟아졌다.
유황 가스가 퍼져가는 도시는 생지옥이었다. 새까만 화산재가
도시를 덮는 데는 하루도 걸리지 않았다. 뒤늦게 화산폭발을
깨달은 사람들은 집을 빠져나왔으나 거센 풍랑으로 배를 타고
폼페이를 벗어날 수도 없었다. 바람이 부는 방향으로 떠난 사람
들은 밀려오는 화산재에 깔려 수천 명이 질식해 죽었다 한다.
그 당시 폼페이에서 가까운 미세노항에 주둔한 해군사령관인
대폴리니우스는 함대를 끌고 사람들을 구하러 폼페이로 갔다.
드높은 해일로 사람들을 구출하지도 못하고 그는 그곳에서 죽음을
맞이했다. 그의 조카인 소폴리니우스는 역사가 타키투스의
요청에 따라, 숙부인 대폴리니우스가 겪은 일과 화산폭발 당시의

상황을 자세히 쓴 편지 두 통을 그에게 보냈다. 그 편지 내용이 현장 증인의 글로 역사서에 남아 있다고 시오노 나나미는 『로마인 이야기』에 썼다.

하루아침에 천상에서 지옥으로 추락한 폼페이 시민들. 자연의 거대한 힘 앞에 인간의 재물과 환락이 한낱 물거품에 불과하다는 것을 여실히 보여준 폼페이 최후의 날이었다. 로마 귀족의 휴양지 폼페이는 화산 폭발로 도시가 화산재에 묻혀 사라졌지만, 세계 곳곳에 수많은 문명도시와 속국을 거느린 무소불위의 로마 제국은 어이하여 멸망하였을까?

로마는 로물로스가 기원전 8세기 무렵 건국했다. 기원전 49년에 율리우스 카이사르가 갈리아 전쟁에서 승리하여, 광대한 영토를 차지하면서 막대한 군사력을 지니자 원로원은 그에게 군대해산 명령을 내린다. 카이사르는 원로원의 저지선인 루비콘강을 건너면서 "주사위는 던져졌다."라는 유명한 말을 남기고 정예군단을 이끌고 로마에 입성하였다. 그는 공화정을 제압하고 장기 독재관이 되면서 제정 로마의 기반을 다지게 되었다. 율리우스 카이사르의 뒤를 이어 양아들 옥타비아누스가 이탈리아반도는 물론 유럽과 북아프리카, 소아시아까지 정복하여 방대한 로마 제국의 길로 들어선다. 유럽 여행 때 곳곳에서 보았던 거대한 로마 신전과 건축물은 고대 로마 제국의 막강한 지배력을 보여주고 있다.

영원할 것 같은 로마제국도 세월 속에 네로 같은 폭군과 반란자에 의해 혼란기를 거치면서 게르만족, 페르시아 등의 끝없는 침략으로 한 귀퉁이씩 무너지기 시작했다. 내부 갈등과 이민족의 침입으로 천여 년 간이나 지속한 서로마가 서기 476년에 몰락한다. 천 년 뒤 동로마마저 수도 콘스탄티노플이 오스만 트루크의 공격으로 함락되어 서기 1453년에 멸망했다. 막강한 로마제국도 달도 차면 기운다는 말처럼 역사의 뒤안길로 사라졌다.

　이탈리아는 로마가 남긴 찬란한 유적으로 많은 관광 수입을 올려 오늘날에도 조상들의 후광을 받고 있다. 오랫동안 화산재에 묻힌 폼페이 유적은 이백여 년 전 나폴리 왕이 발굴을 한 뒤, 세계인의 관심을 불러 모았다. 폼페이는 사라졌어도 로마제국이 남긴 빛나는 문화유적은 길이 남으리라. 이제 우리나라 박물관에서도 로마 시대의 유물을 눈앞에서 볼 수 있다니, 시공을 뛰어넘어 다시 폼페이 거리를 걷는 기분이 들었다.

　폼페이 최후의 날, 화산재에 묻혀 한 점 화석이 된 인간의 모습은 어쩌면 우리의 자화상이 아닐까. 천재지변이 아니더라도 죽음은 예고하고 찾아오지 않는다. 언젠가 홀연히 떠나야 할 인생 무대라면 미련 없이 갈 수 있도록 혼신을 다한 연기를 펼쳐야 할 것이다. 지금이 마지막 순간이라 생각하고 자신이 정말로 하고 싶은 일 한 가지쯤은 열정을 다 바쳐 해봐야 하지 않을까.

돌팔이 신흥 교주

빗방울이 후두둑 나뭇잎을 두드린다. 아침부터 하늘이 잿빛으로 내려앉더니 소나기로 쏟아진다. 장마철이라 비가 오락가락, 며칠째 꾸무룩한 하늘을 보니 수년 전 남해로 직원 여행 갔을 때가 떠오른다. 일행은 산뜻한 옷차림으로 일상을 탈출하는 기분에 밝은 얼굴로 버스에 올랐다. 장마 뒤끝이라 모두 우산을 준비해 왔다. 나는 양산만 가져갔다. 왜냐면 비가 갤 거라 믿기 때문이다.

내 이름에 하늘 천天이 들어서인지 내가 여행 갈 때는 비가 오다가도 그치는 일이 많아서다. 오래전에 설악산을 거쳐 동해안으로 가족 여행을 갔는데 그때도 장마철이었다. 그런데 희한하게 우리가 설악산으로 가면 비는 남해안에 내리고 동해를 따라 포항 근처로 내려오면 장마전선은 중부지방으로 올라갔다. 이렇게 우리가 가는 지역을 피해 장마전선이 오르락내리락하여 우리 가족은 날마다 야영하며 비를 맞지 않고 보송보송하게 동해 일주를 하였다. 그래서 곰곰이 생각하니 내 이름에 하늘 천天자가 들어 '하늘 이 보우하사'라는 결론을 내렸다. 그때부터 밑도 끝도 없는 근거 없는 믿음이 내 맘에 자리 잡아서일까. 여행할 때 비 걱정은 별로 안 한다. 날씨 염려를 안 하니 정말로 내가 나들이라도 갈라치면, 비가 오다가도 그쳤다. 귀신이 곡할 노릇이다. 그런 일이 종종 있으니 내가 먼 길을 떠날 때는 날씨가 좋을 거라는 믿음인지 신념인지가 생겼다.

여행의 기분은 날씨가 좌우한다. 시야가 맑아야 멋진 경치도 보고 맘껏 돌아다닐 수 있어서다. 남해여행 때도 비를 염려하는 일행에게 당시 친목 간사로서 분위기를 띄우려고 마이크를 잡고 동해 일주 경험담을 말한 뒤

"이렇게 신통력 있는 제가, 옥황상제께 비 안 오게 해달라고 전화했으니 근심은 내려놓고 여행을 즐깁시다."

하자 좌중이 한바탕 웃음바다다. '날씨가 괜찮아질까.' 설마 하는 눈치다. 그런데 그날 우리가 출발할 때는 비가 왔는데 남해 섬에 도착하니 정말 비가 오지 않았다. 그러자 사람들이 내 말이

맞는가 반신반의하는 눈치다. 남해 금산에 있는 보리암에 올라가면 다도해의 멋진 풍경이 펼쳐진다. 그런데 먹구름이 꽉 끼었다. 그러자 직원들이

"구름도 비껴가게 해달라고 하늘에 전화해요." 하며 아우성이다.

"벌써 핸드폰으로 연락해 놓았어요." 큰소리로 호언장담했다. 보리암에 당도하자 거짓말같이 구름이 걷혀 아름다운 다도해의 모습을 한눈에 볼 수 있었다. "아니 이럴 수가? 구름이 금방 걷히다니 신통한 일이네." 하고 수런거렸다. 젊은 후배들은 이구동성으로 나를 교주님으로 모신다나. "교주님! 앞으로도 날씨가 좋게 신통력을 계속 보여 주세요." 하고 꾸벅 절까지 하며 존경을 표했다. 졸지에 나는 신흥교주가 되었다.

장마철이라 아직은 미끄러운 보리암에서 산길을 내려가다가 나는 '아차' 하는 찰나에 넘어졌다. "어머나, 교주님! 괜찮으세요?" 하며 신도들이 우르르 달려왔다. 다행히 별 이상 없이 비탈길을 무사히 내려왔다. 산기슭에 내려와서 나를 따르는 열성 신도들에게 김이 모락모락 나는 옥수수를 사서 나눠주었다. 누군가 "역시 교주님이 최고야." 하는 소리에 웃음이 파도처럼 출렁였다. 아무튼 남해 여행하는 동안 비가 오다가도 구경하러 버스에서 내리면 비가 그치니 버스 기사가

"참말 신통방통허요. 여그 선상님만 내리면 오던 비도 그쳐

분께. 거시기 자리 깔고 앉아야 쓰것어라우."

하며 진지하게 말했다. 우연의 일치 치고는 내 말대로 하늘이 도왔는지 비를 피해 다니며 추억에 남을 신통한 여행을 하였다.

교주의 설왕설래는 여고 동창이 모여 제주도로 여행 갈 때도 일어났다. 출발할 때 내린 비로 날씨 걱정하는 친구들에게

"내 이름에 천天자가 들어가 하늘과 소통하니, 옥황상제에게 전화해 일기를 쾌청하게 해주겠노라."

하며 만약 날씨가 좋으면 나를 교주로 모시라고 신령스럽게 말했다. 인공위성이 하늘에 있어 통화가 잘되었는지 정말로 사흘 내내 기후가 화창하였다. 우연히 일기가 좋아서 약속대로 나는 신흥교주가 되고 친구들은 신도가 되었다. 날마다

"교주님, 물 줘요. 어디로 가요."

신도들이 나를 부르는 소리가 끊이지 않았다. 어찌 된 일인지 새로 탄생한 교주의 하는 일은 물병을 들고 신도들의 목마름을 달래주거나 시중을 드는 심부름꾼이었다. 한마디로 말뿐인 유명무실한 교주였다. 허울 좋은 교주지만 회장으로서 친구들을 즐겁게 해줘야 할 사명감(?)에 구경하다가도 "돌보다 강한 물질은?" "모르지 머리카락. 이유는 돌대가리를 뚫고 나오니까." 난센스 퀴즈를 내면 친구들은 박장대소했다. 화창한 날씨 덕분에 내가 다시 교주가 된 동창 모임은 친구들과 깔깔대며 웃음꽃이

만발한 여행이었다.

지금도 모임에서 가끔 여행을 가면 내 뒤를 졸졸 따라다니는 신도들이 있다. 무얼 하느냐면, 사치기 놀이다. '사치기 사치기 사뽀뽀' 리듬에 맞춰 내가 먼저 동작을 하면 다음 사람이 한 박자 느리게 그대로 따라서 하는 학창시절 유행했던 놀이다. 내가 먼저 무당 신 내린 듯 별별 희한한 동작을 하고 돌아다니면, 지인들도 내 행동을 따라하며 방구석 구석을 누비고 다닌다. 모르는 사람이 보면 완전 사이비 교주 따라서 신 굿하는 모양새라 배꼽 잡고 웃지 않을 수 없다. 내가 이렇게 사람을 웃기는 이유는 기실은 내가 웃는 걸 좋아해서다. 서로 바라보며 포복절도하다 보면 머리가 상쾌해지고 가슴까지 시원해진다. 가슴 저 밑바닥에 깔린 세사에 찌든 그을음마저 웃음에 묻어나와 마음이 환해진다. 나처럼 웃음을 좋아하는 지인들은 지금도 여행 가면 가끔, 밤에 사치기 놀이를 하며 내 뒤를 졸졸 따라다닌다.

어찌 되었든 이래저래 돌팔이 무당인지, 신흥 교주인지 몰라도 나를 따르는 신도(?)가 많다. 아니 어쩌면 유머에 이끌려 따라다닐지도 모른다. 삭막한 현실에 웃음은 가슴을 촉촉이 적시는 단비 같은 청량제가 아닐까.

눈 속에 핀 빨간 꽃

아침에 일어나 창밖을 보니 나뭇가지에 눈꽃이 하얗게 피었다. 흰 꽃에 끌려 현관문을 열고 마당으로 나갔다. 단풍이 떠난 빈자리를 눈꽃이 피어나 스산한 정원을 환하게 밝혔다. 아무도 밟지 않은 숫눈이 좋아 마당을 한 바퀴 돌았다. 서쪽 담 모퉁이를 돌아드니 눈 속에 빨간 꽃이 숨어 있다. 설마 이 겨울에 덩굴장미가 피었을까?

눈을 의심하며 가까이 다가갔다. 그것은 겨울에도 빨간 열매가 달린 남천나무다. 흰 눈과 대비되어 남천은 장미보다 더 빨갛게 불타고 있다. 가을의 끝자락을 서성이던 노란 국화마저 시들어 마당엔 유채색이 자취를 감추었건만. 저 혼자 붉은 옷으로 치장하고 흰 모자 눌러쓴 남천이 더욱 영롱하게 돋보였다.

몇 년 전 옮겨 심은 남천 몇 그루가 올해는 붉은 열매가 야트막한 담장을 넘실거린다. 꽃과 열매가 찬바람에 스러진 이 겨울. 눈 속에서도 붉은빛을 뿜어내며 초연하게 서 있는 남천처럼, 눈보라에도 변함없이 인간의 도리를 다하는 사람이 얼마나 될까?

즐겨보는 '아침 마당' 화면에 시어머니에게 한쪽 신장을 떼어 준 며느리가 초대 손님으로 나왔다. 부모와 자식 간에도 어려운 일이건만, 하물며 며느리가 시어머니를 위하여 신장 이식수술을 하였다니 대단한 일이다. 그녀는 인상도 서글서글하고 말씨도 상냥했다. 고부가 한집에 살면 사소한 일로 스트레스가 쌓이는데, 두 사람은 힘든 일이 있을 때 상대방을 배려해주었다. 며느리의 친정어머니가 아플 적에 시어머니는 손자를 책임지고 몇 달을 돌봐주었다. 덕분에 며느리는 안심하고 친정에 가서 어머니 병간호를 할 수 있었다. 얼마 뒤 시어머니가 신장병이 악화되자 며느리는 서슴없이 신장을 떼어 주었다고. 이렇게 고부간에 서로 힘이 되어 주니 둘은 모녀보다 더 살가운 사이가 되었다. 객석의 시아버지는 천사 못 본 사람은 우리 며느리 얼굴을 보면 된다고 극찬의 말을 하여 좌중을 웃음바다로 만들었다. 가족이 신뢰하며 사랑하는 모습은 근래 보기 드문 감동의 드라마였다.

객원 중에 가수 현숙은 효녀로 소문났건만, 잘한 일은 생각나지 않고 어머니에게 못 한 일만 생각나 더 잘해드릴 걸 하는 아쉬움만

남는단다. 나중에 잘해 드리려 해도 늙으신 부모는 기다려 주지
않는다. 십여 년 전 초가을 어느 날 홀연히 떠나가신 친정어머니.
아침밥 잘 드시고 갑자기 쓰러져 응급실에서 말 한마디 못하고
돌아가신 어머니를 붙들고 얼마나 울었던가. 병원으로 달려가며
"엄마, 제발 살아만 주세요. 제가 잘할게요." 운전하는데 유리창이
흐려 앞이 잘 보이질 않았다. 응급실에서 손 써볼 틈도 없이 감고
있던 눈을 떠 흐릿한 눈망울로 나를 잠깐 보고 허망하게 떠나
셨다. 아무 준비 없이 황망히 보낸 어머니. 그냥 막연히 오래도록
건강하실 것 같은 믿음은 어쩌면 나의 이기심이었으리. 아파서
병원에 입원 한번 안 하시고 정정한 어머니는 언제나 그 모습
그대로 내 곁에 계실 줄 알고. 무심한 막내딸은 어머니께서 구십이
다 된 줄도 모르고 효도는 살면서 천천히 해도 되는 줄 착각하고
있었다. 그런데 어느 날 갑자기 시야에서 가뭇없이 사라지실
줄이야. 일 끝나고 저녁에 집에 들어서면 언제나 웃음 띠며 나를
맞이하던 어머니 모습은 꿈속에나 볼 수 있을까.

　태어나서 저 혼자 사람 구실할 때까지 부모는 십수 년을 자녀
뒷바라지하건만. 저 홀로 자란 양 다 잊고 자식은 제 앞가림에
바빠 부모에게 소홀한 게 오늘의 현주소가 아닐까. 아들딸이
병약한 어버이를 보살피는 것은 인간의 기본 도리다. 어렵고 힘든
부모·형제는 무관심한 채, 교회나 사회단체에서 봉사를 열심히

하여 세상 사람들에게 칭찬받는다고. 스스로 선한 사람인 줄 생각하는 사람도 있다. 부모를 돌보지 않는 자가 남에게 베푼다는 것은 위선이다. 가족이 고단할 때 도와주는 일이 참사랑을 나누는 첫걸음이다.

사람들이 삶에 얽매여 어버이에게 무심한 오늘날. 신장 이식 해준 며느리의 효심은 눈 속에 빛나는 빨간 남천처럼, 사람의 마음을 따스하게 녹이는 사랑의 열매 같다. 가까운 지인을 보더라도 부모에게 잘하는 사람이 다른 사람에게도 훈훈한 인정을 베푼다. 자사가 지은 『중용』에 나오는 "오직 세상에서 작은 것이라도 지극히 정성을 다하는 자만이 사람들에게 감동을 주어 나와 세상을 변하게 할 수 있다."라는 말처럼. 우리가 작은 것이라도 지극한 정성을 다하면 그 마음이 사랑으로 피어나, 세상을 따뜻하게 변화시킬 것이다.

겨우내 햇살 한 자락 입에 물고 빨간빛을 발하는 남천 열매가 추위를 훈훈하게 녹여 준다. 흰 눈 속에서 남천은 세밑 외로운 사람을 돌아보라고 빨간 열매를 송알송알 매달고 있는지 모른다. 내 가슴에도 빨간 사랑의 열매를 달아야 할까 보다.

주말에 〈임아 그 강을 건너지 마오.〉라는 노부부가 애틋하게 사랑하는 영화를 시부모님 손을 잡고 보러 갔다.

(2014.)

6부
시간은 지우개

지금 이 순간도 시간이라는 지우개는
우리의 기억을 지워가고 있으리라.

연둣빛 들풀처럼

　모악산 숲길을 걸으며 심호흡을 해본다. 폐부 깊숙이 쌓인 문명의 그을음이 정화되어 가슴이 투명해지는 것 같다. 금곡사로 가는 이 길은 편백이 빽빽이 서 있어 하늘이 조각달처럼 보인다. 일상을 벗어나고 싶을 때 자주 찾는 산길이다. 얼음을 녹이고 졸졸 들려오는 계곡 물소리는 봄이 오는 소리다.

　산모롱이를 돌아 내려가는 길옆에 할머니가 나물을 다듬고 있다. 다가가보니 손가락 한마디쯤 되는 어린 쑥이다. 아직은 바람 끝이 찬데 벌써 쑥이 나오다니 반가웠다. 겨울을 견디고 봄을 불러낸 쑥을 샀다. 코끝에 스치는 쑥 향기로 금방 봄이 내 곁으로 왔다. 길가 다랑논에서는 경칩이 며칠 남았는데 벌써 개구리들이 '개굴개굴' 목청껏 울어댔다. 아무리 겨울이 길고 추워도 봄은 오고 있었다. 길섶을 살펴보았다. 이름 모를 새싹들이 파릇파릇 고개를 내밀고, 양지 녘엔 어느덧 초록빛 담배 나물이 너풀너풀 자랐다. 나도 모르게 "동무들아 오너라. 봄맞이 가자. 너도나도 바구니 옆에 끼고서 달래, 냉이, 씀바귀, 나물 캐보자." 라는 동요가 저절로 나왔다. 노래 가사처럼 그 옛날 바구니를 들고 나물 캐던 일이 떠올랐다.

어린 시절 우리 동네 아이들은 가까운 노송 성당으로 나물을 캐러 자주 갔었다. 성당 안에 과수원이 있는데 나무 밑에는 흔히 개망초라고 하는 담배 나물이 많았다. 겨울에도 생명력이 강하여 낙엽을 이불 삼아 푸릇하게 자랐다. 봄이 올 즈음이면 겨우내 뛰놀지 못해 안달이 난 동무들은 바구니를 들고 과수원으로 우르르 몰려갔다. 수북이 쌓인 갈잎 속에서 초록색 담배 나물을 보면 무슨 보물이라도 찾은 듯 신이 났다. 겨우내 우중충한 세상만 보다가 파릇한 나물을 캘 때면 마음마저 푸르렀다. 점점 채워져 가는 바구니를 보면 웃음 띤 엄마 얼굴이 떠올라 손길이 빨라 졌다. 바구니 가득 나물을 담아가면 어머니는 좋아하셨다. 먹을 것이 귀하던 때라 겨울과 봄이 갈리는 길목에서 담배 나물은 입맛을 돋우는 별미였다.

차가운 겨울바람이 훈풍으로 바뀌면 동네 아이들은 멀리 아중리

저수지 근처로 나물을 캐러 나갔다. 봄바람에 실려 나물을 캔다는 핑계로 산과 들로 나들이 갔다. 멀리 가면 여러 가지 나물을 캐올 수 있어서 산 넘고 물 건너 봄나물 원정을 갔다. 남노송동에서 걸어서 마당재를 지나 저수지 길을 따라, 갓바우 마을을 돌아서 저수지 끝자락까지 갔다. 지금 생각하면 그 먼 거리를 열 살 남짓한 아이들이 어떻게 갔는지 참 신통하다. 가까운 거리도 차를 타고 다니는 요즈음 어린이는 상상도 못 할 일이다. 한 시간도 더 걸렸을 그 길을 오직 바구니를 가득 채우고 싶은 마음에 나물을 하나둘 캐며 그 먼 길을 걸어갔다.

이른 봄에는 별로 보이지 않는 나물을 찾아 저수지 위쪽 왜망실까지 갔다. 나물이 눈에 띄지 않을 때는 자갈을 들추어 보면 병아리 솜털 같은 노오란 어린 쑥이 막 기지개를 켜고 있었다. 돌 틈에 숨은 쑥도 캐고 언덕배기에서 냉이와 깜밥나물을 캤다. 논두렁에서는 쑥부쟁이, 씀바귀를 캐고 물기가 있는 논 가운데서는 벌금자리, 자운영 나물을 바구니에 담았다. 하지만 이제 싹을 틔우는 어린 나물로는 바구니가 쉽사리 차지 않았다. 해가 능선에 걸리고 산 그림자가 저수지로 내려오면, 봄나물 원정대는 다 못 찬 바구니를 들고 발길을 돌려야 했다. 석양빛을 안고 집으로 들어서며 목청껏

"엄마아! 아중리서 나물 캐왔다."

"아직은 추운디 머 허러 그 먼디를 갔다냐? 손등이 깜밥이구만."

하며 어머니는 나를 아궁이 앞에 앉히고 곱은 손을 녹여주셨다. 엄마 품에 기대어 타닥타닥 나무 타는 소리를 듣다가, 따뜻한 아궁이 불땀에 졸음이 밀려와 꾸벅거렸다. 어머니는 쌀뜨물에 된장을 풀어 묵은 김치를 숭숭 썰어 쑥을 넣어서 국을 끓였다. 다른 나물은 삶아서 무침을 하셨다. 날마다 김칫국만 먹다가 모처럼 쑥국에 나물 반찬을 먹으면 밥이 입 안으로 그냥 넘어갔다.

지금도 나물 캐던 어린 시절이 아련한 그리움으로 남아 시골집에 가면 가끔 논두렁 밭두렁에서 봄을 캔다. 쑥, 냉이, 달래를 바구니에 담으며 나물 캐는 계집애로 돌아간다. 봄볕에 돋아난 연둣빛 들풀처럼 순순한 아이 마음을 오래도록 가슴에 지니고 싶다. 모악산 기슭 밭이랑 사이로 아른아른 아지랑이가 피어오른다. 머지않아 산등성이 나뭇가지에도 새순이 다투어 피어 서로 다른 봄빛을 내뿜으리.

산모퉁이에서 사 온 쑥으로 국을 끓였다. 쑥 냄새가 그 옛날처럼 입안에서 봄 향기로 피어난다.

초록 지붕

멀리서 들려오는 '쏴아 쏴르르' 소리에 눈을 떴다. 계곡에 자리를 깔고 나뭇잎을 바라보다 까무룩 잠이 들었나 보다. 골짜기를 타고 끊임없이 들리는 폭포 소리에 정신이 들었다.

가뭄 끝에 장맛비가 내려 경사진 계곡마다 폭포가 하얗게 부서 진다. 젊은 날엔 명산을 찾아 등산하였다. 탁 트인 꼭대기에서 볼 수 있는 겹겹이 흐르는 산줄기를 보려고 정신없이 앞으로 갔다. 땀이 비 오듯 쏟아져도 끝까지 올라가 정상에 오른 희열감을 맛보았다. 새로움에 대한 도전이며 자신을 밀고 나가는 열정이 넘치는 초록의 날이었다. 요즈음은 가까운 산이나 둘레길을 걷다가 적당한 곳에 자리를 잡고 쉬어 간다.

작은 폭포가 조잘대는 계곡 가를 쉼터로 정하고 자리를 폈다. 물가에 돗자리를 펴고 한 평 방을 꾸몄다. 나뭇잎으로 지붕을 이고 자리에 앉으니 온 산이 내 안으로 들어온다. 옛 선비 송순의

십 년을 경영하여 초려삼간 지어내니/ 나 한 간, 달 한 간에 청풍 한 간 맞겨 두고/ 강산은 들일 듸 업스니 둘러두고 보리라.

는 시조가 문득 떠오르며 시 한 수를 생각나는 대로 지어보았다.

'초록 잎 지붕 삼아 팔베개로 누우니/ 청산 너머 구름은 나뭇 가지 걸리고/ 꾀꼬리 고운 소리로 가야금을 타누나.'

계곡물에 손을 씻고 싸 온 도시락을 폈다. 똑같은 반찬인데 숲 속에서 찰랑거리는 물소리를 들으며 밥을 먹으니 꿀맛이다. 식사 뒤 고즈넉이 청록으로 물든 산등성이를 바라보았다.
"저기 새 한 마리 앉아 있네."
그이의 말에 나무 위를 올려다봤다. 작은 새 한 마리 후르르 날아간다. 잠시 뒤 또 한 마리 날아간다. 하릴없이 지켜보자 두 마리가 오락가락 수시로 들락거린다. 언뜻 때죽나무 가지 위로 둥지가 보였다. 금방 마련한 내 집 위로 허락도 없이 언제 둥지를

틀었을까. 아니 내가 나중에 방을 드렸으니 우리가 새들의 아래 층에 세 들었나. 해지기 전에 주인집 새를 만나 수인사라도 나눠야 할까 보다. 내 생각을 알아챘는지 새가 둥지 안에서 고개를 내밀고 갸웃거린다.

오늘 하루 바위로 뒷담 두르고 앞마당엔 개울물 들여놓고 나무로 울타리를 쳤으니 나보다 더 수려한 집을 지은 이 몇이나 될까. 골짜기 건너 오솔길을 가는 사람들이 부러운 눈초리로 내 집을 넘본다. 산속의 집도 선착순 분양이니 어쩔 수 없다는 듯 포기하고 멀어져 간다. 다가와서 옆집에 세 든다면 한 칸쯤 내어 줄 수 있는데, 아무도 우리의 고요함을 건드리지 않는다.

이층집 새들이 시끄럽게 우짖는다. 둥지 안에 새끼들이 있나 보다. 부부 새는 아래층 우리가 못 미더운지 한 마리는 둥지를 지키고 다른 새는 먹이를 나르느라 분주하다. 새끼들이 먹이 다툼을 하는지 소리가 더욱 요란하다. 미물인 새들도 새끼를 거두고 형제끼리 서로 먼저 먹으려 하는 것은 살아있는 동물의 본성이리라. 자연의 법칙에 따라 새끼들도 어미가 되어 제 권속을 키우며 종족을 번식시킬 것이다. 어미 새가 새끼를 지키려 침입 자인 우리를 나무라듯 큰소리로 울부짖는다. 그 모습이 의연하게 보였다. 새들도 둥지를 지키려 안간힘을 쓰는데 사람이 제 가족을 지키며 돌보는 것은 당연한 일이 아닐까.

우리 동네 골목길 건넛집에는 할머니가 손자를 키우고 있다. 고등학교 다니는 아이들이다. 이곳으로 이사 온 지 십 년이나 되었으니 초등학교 때부터 돌보고 있었다. 살기 힘들다고 엄마가 집을 나갔단다. 만나면 언제나 친절히 얘기도 하고 가끔 푸성귀도 나누던 할머니가, 요즘 들어 치매기가 있는지 나도 잘 못 알아보고 아이들도 잘 거두지 못하고 있다. 키는 장대같이 큰 아이가 어깨가 축 처져 걸어가는 걸 보면 측은하기 그지없다. 밥이나 제때 먹는지 물어보면 사 먹기도 하고, 라면 먹을 때가 많다고 했다. 안쓰러워 반찬이라도 갖다 줘야 할 텐데. 마음뿐 어쩌다 떡이나 김장김치를 갖다 줄뿐 자주 챙겨주지 못한다. 제 자식마저 외면하는 사람이 새보다 더 나은 영장류일까. 그 엄마도 오죽하면 집을 나갔을까마는. 제 새끼 해코지할까 봐 노심초사 둥지를 지키는 새를 보며, 인간의 도리를 다하고 사는지 새삼 자신을 돌아본다.

때죽나무 위를 오르락내리락하며 새들이 오순도순 제 새끼를 돌보는 모습이 갸륵하다. 새들은 배우고 깨닫지 않아도 자연에 순응하며 새끼를 키워 내고 있다. 나무가 있어 새가 날아들고 새들은 씨앗을 물어다 퍼뜨려 싹을 틔워 어린 나무가 자란다. 그렇게 숲은 서로를 이롭게 하며 살아간다.

바위 아래서 물소리와 나무를 벗 삼아 자연 속에 스며든 하루였다. 새가 둥지를 튼 나뭇잎에 햇살이 비치어 연두로 투명하다.

저물녘 계곡을 떠나며 새들에게 손을 흔들었다. 아늑한 초록 지붕 아래채를 빌려주어 고맙다고.

시간은 지우개

벼가 치자 빛으로 물들어 간다. 들녘의 메밀꽃은 하얗게 솜사탕을 풀어내고 소슬한 바람이 차창 가로 스친다.

긴 세월 얽매인 직장의 매듭이 풀리자마자 남편은 부모님을 모시고 여행을 떠나자고 했다. 그 말에 "이왕이면 홀로 계신 시이모님 두 분도 같이 모시고 가요." 하는 내 말에 그 사람은 "어머니가 더 좋아하겠네." 하며 소년처럼 들떠서 완도 여행길에 올랐다. 나이 들어 거동이 자유롭지 못한 시어머니는 이모들과 전화만 할뿐 만나지 못해 답답하다고 넌지시 푸념을 했다. 폐를 갉아먹는 병마에 지쳐 바람 불면 날아갈 듯한 가랑잎 같은 시어머니. 잠시나마 파리한 그 얼굴에 웃음 띠게 할 수 있다면⋯⋯.

앞에 앉은 세 여인은 소풍이라도 나온 듯 끝없이 말 꾸러미를 풀어낸다. 모처럼 만났으니 못다 한 이야기가 켜켜이 쌓였으리. 세월이 세 자매의 고운 모습은 가져갔으나 기억 속에선 지나간 일을 그림처럼 그려낸다. 어린 시절 친정집 옛 얘기로 시간 가는 줄 모른다. 비 내리는 날 미륵사지 근처 저수지에 가면, 물고기들이 새물내를 맡고 상류인 도내골 냇가로 거슬러 온단다. 몰려오는 고기들을 대나무로 엮은 용수를 물속에 넣고 건져 올리면 바가지로 퍼 담을 정도로 많이 잡혔다. 보리새우, 쏘가리, 붕어 등이 가득 담긴 양동이를 들고 그네들은 신바람이 나서 집으로 갔다. 어느 보름날 밤에는 친구들과 귀신 잡기 놀이를 하다가 동네 느티나무 아래 당집 근처에 갔는데, 하얀 수염에 흰옷을 입은 장대처럼 큰 남자가 지팡이를 들고 나타났다. 호들갑스러운 여자애들은 귀신이 정말 나타났다고 혼비백산하여 친구 집으로 몰려가는 소동을 벌였다. 아마도 당집 무속인이 아니었나 싶다. 그때를 떠올리면 그네들은 지금도 모골이 송연해진단다. 세 자매는 번갈아 가며 세월의 그물에서 추억을 건져 올렸다.

완도 수목원에 도착하여 호숫가를 걸었다. 큰이모는 지팡이에 의지하여 내 손을 잡고 걷고 작은이모는 관절염으로 오리걸음으로 쩔뚝이며 다녔다. 시어머니는 제일 허약하지만 그나마 걸음은 비틀거리지 않았다. 기우뚱한 그네들의 뒤에 걸린 그림자는,

시름에 겨운 생의 무게인 듯 절룩이며 따라갔다. 육신은 서걱거려도 마음만은 소녀라 눈앞에 보이는 산들이 고향 동산처럼 정겹다며 그네들 얼굴에 동심이 흘렀다. 해 질 녘에 전망대에 오르니 유리창을 통해 한눈에 다도해가 들어왔다. 크고 작은 섬들은 바위와 나무, 바다가 어우러져 수려했다. 산 너머로 해가 숨어들고 있다. 세 자매의 하얀 머리 위로 노을이 내려앉아 붉게 물들어 간다.

다음날 새벽 숙소에 있는 해수탕에 갔다. 말 그대로 바다가 보이는 곳이었다. 짭조름한 온탕에 몸을 담갔다. 곱상하게 생긴 한 여자가 말을 건넨다.

"친정어머니 모시고 여행 왔나 봐요? 어제 수목원에서도 봤어요."

호기심에 그녀의 눈이 반짝거린다.

"아니요. 시어머니하고 시이모님들이세요."

"와, 지금 세상에 친정어머니 하고도 어려운 여행을 시이모까지……."

그네는 친정어머니 생전에 손잡고 여행 한번 못 해 봤다며 지나간 날을 아쉬워했다.

남남이 만나 시어머니와 인연을 맺은 지 어언 삼십여 년. 색색의 사연이 층층으로 쌓여 무지개가 뜨기도 하고 먹구름이 몰려올 때도 있었다. 이제 세월의 더께만큼 마음자리도 헐렁해져 야위어

가는 시어머니를 감싸 안을 수 있을 것 같다. 그래서 여행을 좋아하는 시어머니와 완도에 오는 길에 시이모님도 겸사 모시고 왔다. 머지않아 누구나 기우뚱거리며 걸어가야 할 그 길 위에서 손잡아 줄 사람 있다면 외로움에 휘청거리지 않으련만.

해수탕 열기로 얼굴에 복사꽃을 피운 세 여인과 땅끝 마을을 찾았다. 땅끝 표지석 앞에서 그녀들은 사진을 찍었다. 흰머리 날리며 배시시 천진하게 웃는 세 자매. 언제 다시 손잡고 여행할까. 그녀들의 얼굴에 서글픈 빛이 언뜻 스쳐 간다.

돌아오는 차 안에서 세 자매에게 수수께끼를 냈다.

"할머니들이 싫어하는 악기는요?"

생각해보지도 않고 셋이서

"몰라."

"비올라. 비 오면 다리 아프니까요."

"으하하"

세 분은 손뼉 치며 웃었다.

"경찰서의 반대말은?"

"모르죠. 경찰 앉아."

"맞다 맞아!"

어린아이처럼 눈물까지 흘리며 즐거워하셨다. 운전석 옆에서 시아버님은 미소 짓고 남편은 그녀들을 돌아보며 싱그레 웃었다.

큰이모는 치매기가 있다 하여 염려했는데 나만 보면 그저 "고마워."를 입에 달고 미소 지었다. 심심하면 "오늘이 무슨 요일여." 하고 물어보신다. "월요일." 잠시 뒤 또 물어본다. 자꾸 같은 말을 물어보는 걸 보면 약간 치매기가 있는 것 같기는 하다. 한데 아흔두 살에 식사 잘하시고 사람도 알아보며 화장실 잘 가면 되지 무얼 더 바라겠는가. 사는 데 지장 없는 잡다한 걱정일랑 잃어버릴 수 있다면 오히려 즐거운 삶이 될 것이다. 난센스 퀴즈에 함박웃음 짓고 맛있는 것 드시며 즐거워하는 어린애 같은 세 자매. 나쁜 기억만 지워가는 치매라면 시간은 참으로 고마운 지우개다.

흘러가는 크로노스*는 그네들의 젊음을 데리고 갔다. 지금 이 순간도 시간이라는 지우개는 우리의 기억을 지워가고 있으리라. 하지만 특별한 순간은 잊을 수 없는 카이로스**가 되어 문득문득 생각날 것이다. 웃음이 그림자처럼 따라다니던 이번 여행이 우울할 때, 세 자매에게 한 모금 청량제가 되었으면.

(2015.)

---

* 크로노스: 누구에게나 똑같이 적용되는 흘러가는 24시간, 365일
** 카이로스: 주관적인 시간. 행복한 순간, 고통스러운 순간이든 흐르는 시간을 벗어나 특별한 의미를 가지는 순간.

화성 남자

고추바람에 스카프로 목을 감싸고 걸었다. 바람을 가르며 어디선가 기합 소리가 들려온다. 함성을 쫓아 발걸음을 옮겼다. 사람들이 웅성거리는 곳을 향해 갔다. 겨울 하늘을 쨍하니 울리며 들려오는 쇳소리. 눈앞에 갑옷을 입은 병사가 삼지창을 휘두르며 달려온다. 순간 나도 모르게 몸을 피했다.

수원행궁 정문 신풍루 앞에서 펼쳐지는 무사들의 묘기. 바람 끝은 차가워도 모여든 사람들의 열기로 행궁 마당은 훈훈하다. 갑옷을 걸친 무사들의 활쏘기에서 화살이 전부 과녁에 명중하는 신궁 솜씨. 볏단을 단칼에 자르는 신기, 열두 명이 한 조가 되어 일사불란하게 움직이는 무술은 조선의 무사들이 시공을 초월해

행궁에 온 것 같았다. 해설가 설명이 지금 펼친 무예는, 정조의 어명으로 실학자 박제가와 무술의 고수 백동수가 1790년에 만든 『무예도보통지』 책에 나온 무술 24기라 한다. 무술은 중국의 관우, 장비나 소림사의 전유물인 줄 알았다. 한데 정조 때 무예 책을 발간하고 무술의 경지를 넘나들던 고수들이 있었다니 새삼 우리 문화의 저력이 느껴졌다.

수원 화성은 멀리서 성곽만 보았을 뿐 들른 적이 없다. 마침 수원 근처에 사는 지인이 불러 벼르던 화성에 들렀다. 행궁 입성을 환영이라도 하듯 신풍루 앞에서 현란한 무술공연을 접하니 저절로 역사 속으로 빠져들었다. 쪽문을 통해 행궁 안으로 들어갔다. 정조는 뒤주에 갇혀 비참하게 죽은 아버지 사도세자의 능침을 수원으로 옮기면서 행궁을 지었다. 정조는 수원에 있는 아버지의 융릉을 열세 차례나 들른 효자였다. 사도세자의 능을 오가며 머무른 화성을 정조는 고향이라고 할 만큼 좋아하였다. 널따란 행궁 마당을 건너 봉수대로 갔다. 효심이 강한 정조는 어머니 혜경궁 홍씨의 진찬례를 이곳에서 성대하게 치렀다. 그때 노인들에게 잔치를 베풀고 선물꾸러미를 들려 보낼 정도로 백성을 사랑하는 선군이었다.

행궁을 나오는데 문루 옆에 아름드리 느티나무가 세월을 품고 하늘을 향해 서 있다. 수령이 육백 년이 넘은 나무로 화성이 생기기 훨씬 전부터 이 자리에 있던 나무라 했다. 수많은 변란에도 쓰러지지 않고 화성을 지킨 수호신 같은 존재였다. 느티나무는 오늘도 인간의 희로애락을 묵묵히 지켜보며 수많은 역사를 나뭇결에 새길 것이다.

성곽으로 가는 길목에 커다란 도르래가 잔디밭에 있다. 실제 모습으로 재현된 기중기는 도르래가 위아래로 네 개씩 달려 있었다. 정약용은 무거운 돌을 수레에 옮기느라 낑낑대는 인부들을 안타까이 여겨 기중기를 발명했다. 더불어 돌을 높이 끌어 올리는 활차녹로까지 만들어 수원화성 축성을 앞당겨, 이년 반 만에 완공해 시간과 경비를 절감했다. 정조는 인재양성과 학문의 부흥을 위해 왕립도서관 규장각을 만들었다. 당시 규장각 학자로 등용된 정약용의 천재성이 정조의 눈에 띄었다. 정조는 아버지 능행 때 한강에 배다리를 설치한 정약용에게 화성 건축의 중추역할을 맡겼다. 그의 사람됨을 신뢰한 정조는 민원을 살피러 경기도에 정약용을 암행어사로 보내기도 했다. 정약용은 탐관오리를 색출하여 징벌하고 백성들의 고충을 해결하였다. 황해도 수령으로 있을 때는 허기진 백성을 위하여 자신의 녹봉을 털어 관청 앞에 구제소를 마련하여 굶주린 사람들을 돌보았다고 한다. 그가 백성을 아끼는 마음은 정조와 다르지 않았다.

서장대로 가느라 가파른 언덕을 올라 성곽을 끼고 숲길을 걸었다. 저 멀리 평지에서 이곳까지 돌을 나르려면 얼마나 수많은 백성의 고행이 따랐을까? 그나마 정약용 같은 실학자가 있어 수월하게 성을 쌓았다니 다행이다. 5.7km에 달하는 성곽과 행궁을 축성할 당시 정조는 성을 건축하느라 이주한 사람들에게 땅값은 보상하였다. 인건비도 공정하게 지급하여 백성들의 원성을 사는 일이 없었다고 한다. 수원화성은 정약용의 빈틈없는 설계와 실행으로 정조대왕의 꿈이 담긴 도시로 재탄생하였다. 실용적이고 아름다운 화성은 세계문화유산으로 등록되어 역사에 길이 남을 것이다.

정조는 정약용을 아껴 항상 가까이 두고 연구하며 책도 많이 편찬하였다. 정약용이 아버지상을 당하여 삼년 시묘살이 할 때, 정조는 '그대가 어서 와서 책을 같이 편찬하려고 규장각에 도배도 했다.'고 정약용에게 편지를 보냈다. 그러나 왕은 갑자기 지병인 종기가 악화하여 그를 못 보고 세상을 떠났다. 정조가 떠난 뒤 정약용은 어린 순조를 수렴청정하는 정순왕후와 배후 세력인 노론에 의거, 천주교에 연루되어 강진으로 귀양을 갔다. 그곳에서도 그는 학문을 게을리 하지 않고 『목민심서』를 써서 오늘날 파당과 권력에 연연하는 정치인들에게 목민관으로서 가져야 할 태도를 일깨워 주는 선각자 역할을 하였다. 그 외에도 형법을 적용할 때의 마음가짐을 제시한 『흠흠신서』, 국가개혁과 경영에

관한 법규를 서술한『경세유표』등 수백 권의 책을 저술하여 후세 사람들의 지표가 되었다. 정약용은 시대를 앞서가는 진보적인 성향의 대학자였다. 그는 앉아서 갑론을박하는 대신들과 달리 실생활에 도움을 주는 과학자였으며 백성의 본보기가 되는 청백리였다.

정조와 정약용은 구태의연을 벗어나 백성을 위해 민생개혁을 앞서 실천하는 민주주의 선각자였다. 그들은 너무나 앞서간 이상주의자여서 탁상공론만 일삼던 그 당시 신하들에겐 우주에서 온 외계인처럼, 환상 속의 정치를 꿈꾸는 몽상가로 비쳤는지 모른다. 안타깝게도 정조가 49세로 짧은 생을 마치는 바람에 애민 정치는 사그라지고. 정권욕에 눈먼 외척 안동김씨의 세도정치로 개혁의 불씨는 더는 타오르지 못하였다. 조선말로 접어들면서 국운은 차츰 쇠락해 갔다. 새로운 도시 수원 화성을 만들어낸 정조와 정약용. 만약 이 두 화성 남자가 꿈꾸던 부국강병의 기반을 대를 이어 구축했더라면, 우리나라가 외세에 짓밟히는 비운의 역사는 오지 않았을지도 모른다.

세종대왕 이래 최고로 문화의 꽃을 피운 '화성 남자' 그들이 있었기에 세계에 이름을 드높이는 수원 화성이 오늘날 우리 곁에 있는 것이리라. 행궁을 바라보며 성곽을 내려올 제, 무심한 까마귀 한 마리가 울음을 길게 울며 하늘가로 날아간다.

초인

문학 강연을 소개하는 선배의 메일이 왔다. 이육사의 딸 이옥비 여사의 강연 안내다. 문득 「청포도」 시를 암송하던 소녀 시절이 떠오르며 이육사의 이야기를 그 딸을 통해 직접 들어 보고 싶었다.

개울가를 지나 고즈넉한 한옥마을 안에 자리한 최명희 문학관에 들어섰다. 강연 전에 「청포도」 시를 다 함께 낭송해 보았다.

"내 고장 칠월은/ 청포도가 익어가는 시절/ 이 마을 전설이 주저리주저리 열리고/ 먼데 하늘이 꿈꾸며 알알이 들어와 박혀/ ……."

이육사 고향이 안동 근처 '먼데'라는 마을이라 시 속에서 '먼데 하늘이 꿈꾸며'라는 말을 썼다고 한다. '먼데'가 높은 곳을 향한 이상으로 생각했는데 작가는 고향을 그리는 마음을 시에 담아 썼나 보다. 이어서 담당자가 이육사의 생애를 소개하였다. 이육사는 1904년에 이황의 십사대 손으로 태어나 어려서 할아버지에게 한학을 익혔고, 일본 유학을 일 년 정도 한 뒤, 기자생활을 했다. 중국으로 건너가 독립운동가로 활동하며 틈틈이 시를 발표하였다. 그가 항일운동을 하게 된 동기는, 구한말 의병 대장이었던 외증조부의 영향을 받은 어머니 허길 여사의 교육이 많이 작용했다.

단상에 올라온 이옥비 여사는 칠순이 넘은 나이에도 단아한 모습이었다. 아버지의 원래 이름은 원록인데 조선은행 폭파 사건에 연루되어 대구 형무소에서 옥고를 치를 때, 수인번호 264에서 '육사'란 호를 지어 세상에는 이육사란 이름이 널리 쓰였다고. 부친은 자신이 네 살 때 돌아가셔서 기억은 없지만, 어머니와 아버지의 친구를 통해 전해 들었다고 한다. 아버지는 멋쟁이셨고 말을 타고 달리며 총을 쏘아도 백발백중이었다고 했다. 강연이 끝난 뒤

"독립 운동가의 후손들은 고생을 많이 했는데, 가족으로서 대우는 받았는지요? 작은아버지의 월북으로 연좌제에 걸려 고통을 받지는 않았나요?"

하고 내가 질문하자 이옥비 여사는

"광복절에는 가끔 은수저도 받았지요. 연좌제는 사촌들만 취직도 못하고 고생했어요. 다행히 우리는 아버지가 독립운동가라 피해는 입지 않았어요." 하며 잔잔히 미소 지었다.

이육사 선생은 광주학생운동, 대구 격문사건 등에 연루되어 17차례나 옥고를 치르며 감옥을 제집 드나들 듯 하였다. 그만큼 항일운동을 치열하게 했다는 증거다. 중국을 왕래하면서 항일투쟁을 하다가 1943년 가을 어머니 제사를 지내러 왔다가, 서울에 잠복한 일본 경찰에게 붙잡혀 북경으로 송치되었다. 이듬해 정월 그곳 감옥에서 모진 고문 끝에 순국하였다. 이육사의 생애는 옥고와 빈곤으로 이어진 역경의 행로였다.

오늘 시간을 내어 강연장을 찾은 까닭은, 끝없는 고난 속에서도 독립운동과 저항시를 쓴 그의 불타는 조국애와 신념을 존경했기 때문이다. 일본 통치하에서 마음이 흔들려 친일했던 문인이 얼마나 많은가. 이광수의 『사랑』을 읽고 매료되어 그의 전집을 여고 시절 거의 다 읽었다. 오랜 세월이 지난 뒤 그가 친일했다는 사실을 알게 되었다. 친일인명사전에서 증거로 제시한, 일제 강점기 때 신문 지상에 그가 쓴 기사를 보고 기가 막혔다. 좋아하던 작가가 일본에 충성하는 글을 쓰다니……. 그뿐만 아니라 교과서에서 배웠던 시인들이 줄줄이 친일했다는 사실. 우리의 꿈을 키우던 문학인들이 조국을 등지는 행동을 하다니 그 실망감이란 이루 다 말할 수 없었다.

작품 속에서는 그토록 순수한 생각을 하는 작가들이 변절할 줄이야. 물론 오랜 일제강점기 동안 생활고에 쪼들리고 때론 협박도 받았으며 유혹에 넘어가기도 했겠지만. 그 당시 사회 지도층으로서 '억압받는 민족을 위하는 길이 무엇인가?'를 깊이 고민하지 않고 편한 길을 택한 그들이 너무나 이기적이라는 생각이 들었다. 대한제국을 침략하여 동포를 짓밟고 민족을 착취한 일본을 어떻게 칭송할 수 있단 말인가? 일본 제국주의를 정당화하여 우리나라 젊은이들을 총알받이로 전쟁터에 내모는 글을 동경하던 문학가들이 쓸 줄이야. 자신의 안위를 위해 동족을 헌신짝처럼 버린 친일작가들의 마음속에 나라 사랑하는 마음이 조금이나마 있었는지 묻고 싶다.

일본의 지배하에 언제까지나 삶이 지속될 줄 알고 친일한 문인들의 얄팍한 양심과 가치관. 독립 후에 후손에게 어떤 모습으로 비칠지 생각조차 못 하고 조국을 배신한 그들. 한 치 앞도 내다보지 못하는 어리석은 지식인들의 추한 모습은 분노를 넘어 부끄러울 뿐이다. 이들에 비해 초지일관 신념이 변하지 않고 자신의 행복은 뒤로한 채 오로지 나라의 독립을 위하여 죽는 날까지, 항일투쟁으로 일생을 바친 이육사의 생은 얼마나 가치 있는 삶인가!

오늘날 자유와 풍요로움 속에서 개인주의 생각에 젖은 사람들에게, 선생은 나라 사랑의 길이 무엇인지 행동으로 보여준 진정한 애국자다. 암울한 시대, 영혼을 울리는 이육사의 시 「광야」에 나오는 "천고의 뒤에 백마 타고 오는 초인"은 바로 그 자신이 아닐까. 일제 암흑기에 광야를 달리며 항일투쟁을 하고 저항시를 써서, 우리 겨레에게 독립의 희망을 안겨준 이육사 선생님. 그는 진정한 민족의 선각자요, 초인이라고 말하고 싶다.

독일 여행을 갔을 때 아우슈비츠 포로수용소 현관 입구에 있는 "기억되지 않는 역사는 되풀이될 수 있다."는 문구처럼 우리는 과거를 바로 알고 잊지 말아야 한다. 그래야만 우리 겨레에게 올바른 역사관이 심어져 대한민국이 깊숙이 뿌리 내려, 다시는 타민족의 식민지가 되는 슬픈 역사가 되풀이되지 않으리라.

안데스산맥을 따라서

티티카카호수로 가는 도중에 빵 굽는 마을에 들렀다. 흙벽돌로 지은 동네는 그 옛날 우리네 시골 풍경을 닮아 정겨웠다. 흙으로 만든 화덕 위에 함석으로 굴뚝을 커다랗게 만든 아궁이에는 장작불이 타고 있었다. 이글거리는 잉걸불 위로 밀가루 반죽을 담은 널찍한 철판을 밀어 넣고 빵을 구웠다. 옛날식으로 빵을 굽는 아저씨 얼굴이 마냥 선량해 보였다. 가이드가 티티카카호수 사람들에게 선물로 준다고 빵을 샀다. 우리도 사서 먹어 보니 담백하면서도 고소한 맛에 이끌려 자꾸 손이 갔다.

안데스산맥을 따라 잉카문명을 찾아가는 게 페루 여행이다. 안데스 산간지방은 고원인데, 둘레에 해발 사천 미터가 넘는 산줄기가 병풍처럼 펼쳐져 있어 아늑했다. 여름인데도 높은 산꼭대기에는 만년설이 하얗게 쌓여 있어 이곳이 고산지대라는 것이 피부로 느껴졌다. 눈 덮인 산속에서 설인이 나타나 사라진 잉카 문명 이야기를 들려 줄 것 같다. 여행에 지친 일행은 버스에서 졸건만, 나는 창밖에 보이는 새로운 풍경에 매료되어 눈을 뗄 수가 없었다. 하늘은 눈이 시리도록 푸르고 초록으로 물든 들판엔 양 떼들이 구름처럼 몰려간다. 그 뒤를 양치기 아이들이 알록달록한 전통 옷을 입고 따라간다. 우리나라 아이들은 학교에 있을 시간에 안데스의 아이들은 초원을 누빈다.

　락치 잉카유적지로 들어섰다. 길가에서 노파는 라마를 끌어안고 대바늘로 세월을 풀어가며 느릿하게 무엇인가를 짜고 있었다. 유적지 입구에 들어서자 흙벽돌로 쌓은 거대한 건축물이 그 옛날 부강했던 제국의 흔적을 말해주고 있었다. 대부분 잉카의 유적지는 돌로 쌓았는데 이곳은 황토색 벽돌로 지은 것이 색달랐다. 골목길을 돌아서니 돌로 쌓은 커다란 둥근 석축이 군데군데 있었다. 안으로 들어서자 천장은 갈대를 엮어서 얹고 돌로 쌓은 벽에 난 창문은 아주 작아 건물 속은 어둑했다. 이곳은 잉카 시대 공용 창고로 곡물과 생필품을 저장했다가 백성들에게 나누어 주었다고 한다. 커다란 곡식 창고를 수없이 지닐 정도로 강국이었던 잉카의 영화는 세월 속에 사라지고, 버려진 돌무더기 사이로 이름 모를 보라색 야생화만이 애틋하게 피어 있었다.

점심 먹은 식당 근처에는 개울처럼 흘러가는 노상 온천이 있었다. 따뜻한 물에 발을 담그자 여행의 피로가 스르르 녹아내렸다. 온천에 발을 담그고 산봉우리에 쌓인 하얀 만년설을 눈앞에서 보니 구름 위에 내가 떠 있는 듯했다.

석양 무렵 끝없이 이어지는 안데스산맥을 바라보며 내일 티티카카 호수로 가려고 숙소인 푸노로 향했다. 어느 순간 문득 산봉우리를 바라보았다. 주황과 노란빛을 띤 불꽃이 산줄기를 따라 물결처럼 타오르고 있었다. 내 눈을 의심했다. 산불이 난 것 같았다. 다시 살펴보니 찬란한 빛줄기가 산맥을 따라 불타는 듯 넘실대고 있었다. 나도 모르게 "우와!" 탄성이 나왔다. 내 환호 소리에 사람들도 붉은빛으로 일렁이는 능선을 바라보았다. 모두 처음 보는 해넘이의 장관에 감탄을 금치 못했다. 흔히 보는 낙조는 해가 지면서 다홍빛이 차츰 검붉게 변하다가 주위가 사위어간다. 그런데 안데스의 저녁놀은 일몰 후에도 산줄기를 따라 휘황찬란한 빛이 파도처럼 출렁거렸다.

푸노에서 하룻밤 묵고 아침에 세계에서 가장 높은 해발 3,812m에 있는 티티카카호수로 갔다. 이 호수는 안데스산맥의 빙하가 녹아 흘러 생긴 남아메리카 최대의 담수호이다. 섬으로 가는 배에서 바라본 호수는 바다처럼 끝이 보이지 않았다. 호수 위에는 점점이 우로스섬이 떠 있었다. 이 섬들은 호수에서 많이 나는 '토토로'라는 갈대 뿌리를 밑에 놓고 그 위에 갈대를 깔아 만든 인공 섬이다. 이렇게 만들어진 수많은 섬에 사람들은 갈대로 집을 짓고 산다. 갈대의 줄기나 뿌리는 식량으로 사용되며 생필품을 만들어 쓴다. 또한 갈대로 만든 배로 왕래하니 호수 위의 마을버스다.

맨 처음 도착한 우로스섬 집에는 물닭이 갈잎이 깔린 마당을 돌아다녔다. 갈대로 수공예품을 만들고 있는 그들의 얼굴은 추운 호수바람에 그을리고 터서 검붉었다. 안쓰러운 마음에 갈대로 만든 작은 배를 샀다. 사람까지 섬세하게 만든 그들의 솜씨가 정교하였다. 갈대배를 타고 이웃집에 도착하자 대가족인 십여 명의 사람들이 우리를 반기며 노래를 불렀다. 놀랍게도 우리나라 동요 「반달」과 「산토끼」를 부르는 것이다. 가슴이 뭉클하였다.

지구 반대편 사람들이 우리 노래를 부르다니. 안내자 말이 한국 관광객을 위하여 자기들이 가르쳤다고 했다. 우리말로 노래하는 애들이 기특해서 안아주었다. 떠나올 때 손을 흔들자 아이들은 사슴 같은 눈매로 웃으며 우리가 멀어지도록 손을 흔들고 있었다.

우로스섬 사람들은 티티카카호수 위에서 갈대를 벗 삼아 자연인으로 살아가고 있었다. 수 세대를 빈곤하게 살면서도 사람들의 표정은 어찌 그리 해맑은지 행복은 경제 순이 아닌가 보다. 검은 물닭이 푸드덕 날아오르는 호수를 보며, 이곳 사람들이 순수한 영혼을 잃지 않고 아름다운 삶을 이어가길 희원해 본다.

줄타기와 그네 타기

　비가 내리고 있다. 우산을 쓰고 버드나무가 늘어진 둑길로 접어들었다. 여름이라 곳곳에 놓인 평상에는 손님들로 그득했다. 뚝배기에다 피라미 등을 시래기와 함께 끓인 전주 별미 오모가리를 먹는 사람들이다. 구수한 냄새가 나를 유혹했지만 시부모님 회혼례 준비로 전통 문화관에 가는 길이라 그냥 발길을 돌렸다.

　일을 마치고 전통관을 나오니 어느덧 비는 그쳤다. 저 멀리 비 갠 산허리로 구름이 느릿느릿 흐른다. 세월은 흘렀어도 천변의 버드나무는 옛 모습 그대로다. 버드나무는 지나간 전주천의 이야기를 나이테에 새기고 묵묵히 그 자리를 지키고 있는 듯했다.

서늘한 그늘을 지나 모처럼 한벽당 정자에 올라가 보았다. 먼저 온 사람들이 앉아서 정담을 나누고 있었다. 정자 밑으로 기암절벽과 굽이쳐 흐르는 전주천이 어우러져 시 한 수가 나옴 직한 비경이다. 과연 『혼불』 소설에서 주인공 강모가 한벽당 아래로 흐르는 냇물을 보며 생각에 잠길 만한 곳이다.

지금은 한벽당 옆 기차굴 너머로 도로가 나고, 자갈이 넓게 깔린 천변이 산책길로 바뀌었다. 그 옛날 정취는 희미해져 가지만, 절벽과 맑은 물은 그대로다. 천변 오솔길로 접어들자 어제 비가 많이 와서 풀숲까지 냇물이 넘실거렸다. 물막이 너머 하얗게 부서지는 물보라 사이로 그 옛날 냇가에서 놀던 일이 아슴아슴 떠올랐다.

어린 시절 한벽당 부근 냇물에서 아이들은 송사리를 잡고 물속에 잠수하며 숨바꼭질을 하였다. 자맥질에 지쳐 냇물 따라 내려가면 남부시장 천변에 여성국극이 벌어졌다. 냇가 자갈밭에서 천막을 치고 약장수들이 약을 팔기 위해 벌이는 연극은, 그 시절 우리에게 또 다른 재미있는 세상을 볼 수 있는 유일한 통로였다. 가끔 동네 아이들끼리 약장수 연극을 보러 갔다. 우리 동네에서 천변 천막극장까지 지름길은, 지금의 한옥마을을 지나 경기전 안을 가로질러 가는 길이다.

태조 이성계 어진을 모신 경기전은 유서 깊은 장소다. 하지만

나 어릴 적엔 문화재가 있어도 관리하지 않고 잡상인들이 장사하였다. 은행나무 그늘이 시원한 경기전에 들어서면 동네 아이들은 구경 삼아 경내를 돌아다녔다. 여기저기 다니던 내 눈에 흙속에서 언뜻 반짝이는 물체가 보였다. 허리를 굽혀 주워 보니 오백 원짜리 동전이었다. '이게 웬 떡이란 말인가?' 너무 좋아 폴짝폴짝 뛰었다. 난생처음 마음대로 쓸 수 있는 돈이 생겼으니 그 기쁨은 이루 말할 수 없었다. 돈이 귀한 그 시절엔 용돈이란 들어보지도 못했다. 친구들이 부러운 눈으로 나를 쳐다보았다. 그 돈은 웬만한 군것질은 다 사 먹을 수 있는 큰돈이었다. 나는 신이 나서

"야들아, 꽁돈인 게 맛난 거 사줄게."

한껏 목소리를 높여 말했다. 아이들은 서로 내 손을 잡으려고 안달이었다. 그 순간만은 의기양양하게 친구들에게 둘러싸여 걸어갔다.

맨 먼저 경기전 안에서 좌판에 놓여진 부침개를 보고 친구들은 군침을 흘리며 나를 보았다.

"아줌마 부침개, 한 장 주세요."

내가 당당하게 말하며 동전을 내밀자 사백 원을 거슬러 주었다. 아이들은 게 눈 감추듯 순식간에 먹어치웠다. 동무들에 둘러싸여 국극을 보러 가는 길은 구름 위를 걷는 것 같았다. 모두 나에게

친절하고 서로 내 손을 놓지 않으려 하였다. 천막 무대 주변에는 장사하는 사람들로 넘쳤다. 목이 말라 잘라 놓은 수박을 사서 맛있게 나누어 먹었다. 반달떡도 사 먹고 국화풀빵도 먹으니 입속이 호강하는 날이었다. 무대에서는 장희빈의 모략으로 쫓겨난 왕비의 비운을 그린 〈인현왕후전〉이 창극으로 펼쳐졌다. 너무나 슬퍼서 눈물이 저절로 흘러나왔다. 그때 들었던 "장다리는 한철이요, 미나리는 사철이다."라는 민요가 지금도 잊히지 않는다. 연극을 보고 집으로 돌아오는 내 손엔 한 푼도 남지 않았다. 아이들이 나를 졸졸 따라다니는 맛에 우쭐하여 아낌없이 돈을 다 썼기 때문이다.

아이들은 잰걸음으로 걸었다. 산 그림자가 천변에 드리우니 집으로 어서 가야 했다. 동네 어귀에서 나를 기다리던 어머니는 깜짝 반기며

"하이고! 우리 딸, 어디 갔다 인제 오냐. 배고프지?"

하며 내 손을 덥석 잡고 집으로 들어가셨다. 방안에는 밥상이 놓여있었다. 군것질한 뒤라 깨적깨적 밥을 먹자

"여름 타냐? 밥을 안 먹게. 오늘 번 돈은 쌀 사느라 다 썼네. 우리 딸 좋아하는 오징어라도 사 와야는디……."

아무것도 모르는 어머니는 그저 밥을 안 먹는 딸이 안타까워 혼잣말을 하셨다. 나는 주운 돈으로 동네 애들과 부침개 사 먹고

떡 먹는 동안 어머니는 품 팔아 쌀을 사 오셨다. 어머니가 온종일 일해서 받아온 품삯은 그 당시 오백 원이었다.

어머니는 그날, 생의 줄타기를 하셨고 나는 행복의 그네를 탔다.

구멍 뚫린 나비의 비상

한 여인이 미소 짓고 있다. 웃는 것인지 애수에 잠긴 표정인지 도무지 종잡을 수 없는 모나리자의 미소다. 갸름한 얼굴에 오똑한 콧날, 빛나는 눈동자. 야무진 입술 사이로 흘러나오는 소설보다 더 애절한 이야기. 차분히 말하다가도 말없이 허공을 바라보는 그 여성의 슬픈 눈동자는 괜스레 내 가슴을 울리고 있다.

가시밭 인생길이 아무리 험하다 한들 이 사람에 비할까. 텔레비전에 출연한 그 여자의 삶은 한순간에 나를 사로잡았다. 시골에 사는 순박한 열네 살 소녀 김복동은 일본 공장에 가서 일하면 돈을 벌 수 있다는 모집꾼의 꼬임에 먼 길을 떠났다. 헤어질 때 어머니는 배고플 적에 쓰라고 일원을 치맛말기에 넣어 꿰매 주었다고 한다. 전국에서 온 여자애들을 실은 차는 일본에 가지 않고 중국 땅 광둥으로 갔다. 일제강점기에 조국에서 멀리 끌려간 그녀가 이국땅에서 한 일은 무엇이었을까? 아침부터 저녁까지 끝없이 밀려오는 일본군에게 짓밟히는 일이었다. 이슬 맺힌 꽃봉오리가 피기도 전에 군화 발밑에 떨어지고 말았다.

그 누가 빼앗긴 소녀의 봄날을 되찾아 준단 말인가. 수많은 야수에게 성폭행 당한 그녀들은 기진맥진하여 일어날 힘조차 없었다. 같은 처지의 여자애들은 수치심과 공포로 피맺힌 울음을 토하며 몸부림쳤다. 세 명의 여자애는 김복동 어머니가 준 돈으로 약을 먹고 죽으려고 했다. 청소하는 중국 여인에게 손짓으로 죽는 약을 사 오라고 했더니 술을 사 왔단다. 소녀들은 독한 술을 마시고 그대로 쓰러졌다. 모진 목숨이 이틀 만에 깨어났다.

가엾은 소녀들은 날마다 일본군에게 유린당하며 죽지 못해 살아갔다. 전쟁터가 이동할 때마다 홍콩, 인도네시아까지 짐짝처럼 끌려가 그들에게 폭행을 당했다. 7년 동안이나 짐승보다 못한 성 노예로 살다가 싱가포르에서 고국의 해방 소식을 듣고 풀려나 우리나라로 돌아왔다.

인생의 모진 칼바람을 뒤로한 채, 그 상처를 드러내고 아물게 하려고 김복동 할머니는 자신이 헤쳐온 삶을 담담히 이야기했다. 국정감사장에서 김 할머니는 박 대통령이 같은 여자로서,

위안부 문제를 꼭 해결해 달라고 당당하게 말했다. 그녀는 어린 시절 억울함과 고통 속에서 피 울음으로 세월을 보낸 탓인지 이제는 눈물이 말라버렸다고 씁쓸하게 웃었다. 역사의 산증인으로부터 일본군의 만행을 직접 들으니 너무도 처참해서 가슴 저 밑바닥에서 분노가 끓어올랐다.

요즘 뉴스를 보면서 역사의 진실을 거부하고 상처를 덧나게 하는 일본의 행태에 울분을 금할 길이 없다. 꽃다운 나이에 여성의 존엄성을 짓밟히고 청춘을 빼앗긴 위안부 피해자들이 현존하고 있다. 오늘날로 보면 고작 여중생들이 그런 끔찍한 성폭력을 당한 것이다. 천인공노할 이 사실에 대한 역사정리는 진즉 끝냈어야 했다. 그로부터 반세기가 훌쩍 지났음에도 불구하고 일본은 여전히 오리발을 내밀고 있다.

유대인이 나치의 잔악상을 고발하는 소설이나 영화를 제작하여 세계에 알리는 것은 다시는 그런 일이 되풀이되지 않게 하기 위해서다. 그래서인지 독일 정부는 일찍이 이스라엘과 전쟁 피해를 준 나라에 거듭 사과했다. 더불어 다시는 그런 잔인한 학살이 일어나지 않도록 자국민에게도 역사교육을 철저히 하고 있단다. 그것이 책임 있는 정부의 자세이고 인간이 지녀야 할 최소한의 양심이라 할 것이다.

독일과 다르게 일본은 반성은커녕 망언을 일삼고 있다. 1992년

김학순 할머니가 일본군 위안부 피해를 최초로 우리 정부에 신고했다. 그때부터 이십여 년이 지난 지금까지 매주 일본 대사관 앞에서 피해자들이 수요 집회를 열어 갔다. 그들은 참석하지 못한 수많은 피해자 몫까지 대신하여 자신들의 억울함을 세상에 호소했다. 그제야 일본 정부는 자체조사를 한 뒤, 관방장관이 1993년 위안부 피해자들에게 '사죄와 반성의 마음'을 최초로 공식 표명하는 '고노 담화'를 발표했었다. 그런데 역사를 거슬러 오늘날 우경화 아베 정권은 그 담화를 검증한단다. 아니 김복동 씨처럼 산 증인들이 있는데 무슨 증거가 더 필요하단 말인가?

위안부 문제는 개인의 문제가 아니라 명백히 우리 역사의 일부다. 역사를 기억하지 않는 이들에게 미래란 없다. 반드시 기억하고 역사의 아픔을 해결해야 한다. 무척 늦은 감이 있으나 정부는 '위안부 피해자들에게 일본이 진정한 사죄와 보상'을 하라고 요구하고 있다. 이러한 정부 대응은 몸과 맘에 씻을 수 없는 고통을 평생 안고 살아온 그녀들에 대한 조국의 최소한 예의와 배려다. 한국인도 유대인처럼 일본의 끔찍한 만행을 세계 만방에 좀 더 빨리 알렸어야 했다. 일제강점기에 힘없는 소녀들을 강제로 끌고 가 집단 성폭력을 감행한 일본군 위안부 문제. 한국, 중국, 동남아 등 피해국뿐만 아니라 인류의 보편적 인권 문제이기에, 일본은 잘못을 인정하고 대책을 내놓아야 한다.

피해자들의 소망은 소박하다. 일본 정부의 사과와 보상이다. 일본은 지금이라도 피멍 든 여인들의 한을 풀어주려면 허울 좋은 합의된 문서가 아니다. 고개 숙여 용서를 구하는 진정한 사과와 제대로 된 보상을 하는 것만이, 그녀들의 빼앗긴 봄날에 한 줄기 햇살을 비춰주는 일이리라.

김복동씨는 해방 뒤 고국에 돌아와서도 만신창이가 된 몸으로 결혼한다는 것은 양심상 할 수 없어, 홀로 살면서 모은 돈으로 소외된 약자를 도와주었다. 김 할머니는 지금은 돈도 필요 없단다. 피해보상을 받으면 성 피해 여성을 돕는 나비기금으로 내겠다고 했다.

나비는 일본군 위안부와 모든 여성이 억압과 폭력으로부터 해방되어 자유롭게 날갯짓하는 의미란다. 최근에는 이 나비가 우리나라를 넘어 전쟁 중 성폭력으로 고통 받는 여성들을 향해 콩고와 베트남까지 날아가고 있다.

움츠리고 있던 상처 많은 애벌레 김복동의 소녀 시절. 나라가 힘이 약해 어두운 나락으로 떨어졌던 그 시간을 악몽으로 접어 놓고 싶을 것이다. 뒤늦게나마 두꺼운 번데기를 깨고 세상을 향해 날아오르는 김복동 할머니의 나눔 날갯짓. 구멍 뚫린 나비의 비상이 아름답다.

연둣빛 추억의 글쓰기

전정구(문학평론가 · 전북대학교 명예교수)

1.

인간은 나이가 들수록 자신의 삶에서 우선 순위가 어떤 것인지 진지하게 고민하며 '지금, 여기'의 인생을 알차게 살아가는 자세－태도를 굳건하게 견지해야 한다. 이러한 인생 태도－자세를 일상에서 초지일관初志一貫하는 것이 생각만큼 쉽지 않다. 쉽지 않은 그것을 위해 박일천은 작품을 쓰고 그 글쓰기를 후반부 인생의 보람으로 여긴다.

마음을 열어 변화를 받아들이며 긍정적인 삶을 '있는 그대로' 즐기는 것은, 일상에 묻혀 있던 인생의 심오한 가치를 확인하고 남은 생을 정리하는 일과 통한다. 그것은 무료한 일상을 벗어나서 노년의 삶의 가치를 새롭게 발견하고 추구하는 열정과 다르지 않다. 박일천은 그 열정을 담아 두 번째 수필집『달궁에 빠지다』(2017)를 발간한다.

이번 작품집에는 이순을 넘긴 그의 다양한 인생 경험이 녹아 있다. 궁핍한 그 옛날에 한 끼도 굶기지 않고 어린 딸을 길러준 어머니의 다부진 성격이 그의 마음 한가운데에 흐르고 있다. 살면서 힘든 일과 부닥치면 그는 걱정하기보다는 해결책을 찾아 도전하는 정신으로 그 고비를 넘긴다. 난제難題에 봉착한 그 순간을 어떻게 대처하느냐에 따라 인생이 빛과 어둠으로 갈린다. 「먹장구름을 뚫고」에 그의 야무진 성격과 기개가 잘 나타나 있다.

"여물지 않은 어린 나이"의 그 시절에도 박일천은 "먹장구름을 뚫고 햇빛 속으로 걸어" 갔다. "길 없는 산 속에서 계곡 사이를 가로지르는 밧줄에 매달려 학교에 가는 중국의 차마고도 학생들처럼. 주어진 여건에 순응하며" "강물 위에 생의 징검돌을 하나씩 놓아" "강을 건너 초록의 들판"(「먹장구름을 뚫고」)을 찾았다. 교단을 명퇴하고 늦은 나이에 문단에 나온 것도 그의 이러한 당차면서도 다부진 기질과 연관되어 있다.

퇴직 후의 삶의 무료를 달래기 위해, 혹은 젊은 시절 생업으로 접어야 했던 문학인의 꿈을 실현하기 위해 나이든 신인들이 문단에 등단한다. 그러나 작품 활동을 지속적으로 하지 못하는

경우가 대부분이다. 이와 달리 박일천은 등단 이후 끊임없이
창작활동을 펼치면서 자기문학의 개성을 구축해 간다는 점에서
믿음이 간다.

2.

무심히 넘겼던 일상적 삶에서 의미 있게 다가오는 다양한 소재
들이 이번 작품집에서 다루어지고 있다. 그 글감들을 분류하면
크게는 작가의 개인사를 엮어낸 것과 사회적 이슈에 부응하여
자신의 의견을 피력한 것으로 나뉜다. "내 삶을 여러 색깔로
물들여"(「책머리에」) 빚어낸 작품들은 개인 체험이 바탕이 된 것들이
대부분이다. 이러한 작품들에 박일천의 작가적 개성이 드러나
있다. 국내외의 여행담, 고등학교와 대학 친구들과의 만남, 생활
체험에서 느낀 감상이나 어린 시절의 추억담이 그것이다.

「정의란 선택인가」와 「무생물의 반란」과 「제3의 페스트」 등은
사회적 이슈에 대한 박일천의 생각이 담긴 사회 참여적 성격의
글이다. 「제3의 페스트」에서 그는 세월호 참사와 관련하여 카뮈의
작품 『페스트』를 예로 들면서 우리 사회의 안전 불감증, 인간의
양심의 실종 등 부조리한 사회 현상을 지적하고 있다. 기계가
일상생활의 모든 것을 대치하는 '사회 현상'(「무생물의 반란」), 마이클

샌델의 『정의란 무엇인가』를 읽고 「히말라야」라는 영화를 예로 들어 '친구를 구하러 간 박정복의 인간애'와 관련된 정의의 선택 (『정의란 선택인가』) 등은, 우리 사회에서 짚고 넘어가야 할 중요한 화두이다. 광화문 촛불 집회에 친구와 직접 참여한 이야기를 다룬 작품도 이 범주에 속한다.

인생관에 따라 사람마다 생각이 다를 수 있다. 그러나 나이가 들수록 쓰레기통에 던져질 '잡동사니 같은 일상'을 벗어나 생을 되돌아보고 진정한 자기를 찾는 작업이 필요하다. 그것이 복잡한 일상을 벗어나서 간결한 마음으로 내 인생의 '지금, 여기'의 삶을 향해 한 걸음 한 걸음 내딛는 실천 – 행동을 예고하는 것이다. 자신이 있어야 할 자리를 발견하려는 태도나 자세는 노년의 삶을 보람차게 만든다. 이것이 인생의 후반부를 향하는 우리 세대 모두에게 부여된 과제이다.

작가 박일천은 '나의 삶을 행복하게 만드는 것', '내가 원했던 것'을 "꼭 해봐야겠다는 열망"으로 글쓰기에 매진하고 있다. 그 간절한 바람이 작가로 하여금 "가슴 저 밑바닥에서 일렁거렸던" 젊은 날의 꿈을 실현하기 위해 힘찬 발걸음을 내딛게 한다. "지금이 마지막 순간이라 생각하고 자신이 정말로 하고 싶은 일 한 가지쯤은 열정을 다 바쳐 해봐야"(「마지막 순간」) 하는 것 아닌가.

언제부턴가 내가 정말 원하는 것이 무엇일까? 더 늦기 전에 하고 싶은 일은 꼭 해봐야겠다는 열망이 가슴 저 밑바닥에서 일렁거렸다. 사람은 꿈이 있을 때 행복하다고 했던가. 현직에서 물러나자 여유로운 시간이 그림자처럼 나를 따라다녔다. 그동안 못다 피운 꿈을 피우려고 시간의 텃밭에 이랑을 내고 씨앗을 뿌렸다. 텃밭 한 귀퉁이에 소녀시절 순수한 감성을 다시 심어보려고 동창들과 시낭송을 배웠다. 시낭송 동아리를 만들어 지역행사 때 '일편단심'이라는 시극 공연을 하였다.

-「굼벵이의 날개」

연둣빛 시절의 꿈을 펼치려고 그는 '상상초월' 기타 동아리를 만들어 장애인 위문 공연을 했다. 소녀 시절 감성을 되찾기 위해 그는 동창들과 시 낭송 동아리를 결성하여 '일편단심'이라는 시극 판도 벌였다. 세속의 가치에 매달려 허둥대는 말년의 인생만큼 어리석은 삶도 없다. '더 늦기 전'에 그는 언어의 텃밭을 마련하고 수필의 씨앗을 그곳에 뿌려 정성스럽게 가꾼다. 세상은 자신-나가 아니라 다른 사람이 되라고 강요한다. 딸로, 아내로, 며느리로, 어머니로 나-자신을 버리고 다른 나로 살아갈 것을 요구한다. 남이 바라는 내가 아니라 진정한 '나의 나'를 찾는 새로운 여행을 그는 시작했다. 애벌레가 매미로 변신하듯이.

수년 동안 어둠 속에서 지내던 애벌레가 매미로 변신하여 날개를 펴고 세상 밖으로 나오듯이. 그동안 땅 밑에서 오랫동안 웅크리다가 또 다른 나로 날갯짓하는 나는, 굼벵이가 날개를 달고 비상하는 것인지도 모른다. 비록 찰나에 불과할지라도 날개를 활짝 펴고 날아가 보련다. 허물을 벗고 새로운 나로 탈바꿈하는 지금이야말로 진정한 나를 찾아가는 정갈한 여정이 아닐까.

-「굼벵이의 날개」

애벌레는 짧게 5년에서 7년, 길게 13년에서 17년 정도 땅속의 어둠에서 비상을 꿈꾼다. '지상으로 나와 노래 부르기 위해 긴 세월을 땅속에서 보내는 애벌레'처럼 박일천도 한순간의 날갯짓을 위해 수많은 세월을 인내하며 독공(篤工/獨工)했는지도 모른다.

전혀 생각지 못한 곳에서 발견한 인생의 소박한 진리, 살아가면서 소중하게 간직해야 할 아름다운 삶의 가치들 속에서 나 자신을 찾아 떠나는 여행은 진정한 나만의 삶의 가치를 찾기 위해서다. 상상과 현실을 조화시키고 단조롭고 무미건조한 내 삶의 활기를 북돋우는 일은 현재의 내 삶을 싱그럽게 할 놀라운 일이자 정신적 허기를 채우는 일이기도 하다.

삶은 어차피 자기 몫만큼 감당하고 살아가나 보다. 그 작은 아이가 어디서 그런 담력이 있어 번개 치고 천둥 우는 날, 한밤에 물에 빠진 닭들을 구해 냈을까. 여름과 가을 그 긴 시간을 밥해 먹으며 밤공부하여 우등상도 타고 중학교에 들어갔다. 지금 생각해 보면 병약했던 내가 감당하기 힘든 일이었다.

-「먹장구름을 뚫고」

인간은 누구나 혼자 살아가는 삶이 불가능하다. 사회적 관계 망의 거리를 조정하여 자기만의 일·창작을 향해 꾸준히 발걸음을 멈추지 않는다는 점에서 박일천은 인생의 가을을 알차게 가꾸는 작가이다. 사람과 사람 사이에도 틈새가 있기에 나사처럼 서로의 틈을 이어주는 연결고리가 필요하다. "주위를 둘러보면 나사못 같은 사람이 있다. 어떤 공동체든 한두 사람으로 인해 결집이 잘 되는 경우를 볼 수 있다. 능력이 탁월해서 일을 도와주거나 심성이 좋아 주변을 편안하게 해주는 사람이 있다. 이들은 삶을 훈훈하게 이어주는 나사 역할을 한다."(「틈새」) 작가는 나사와 같은 존재가 되기 위해 사람들 사이에서 글을 쓰는지도 모른다.

세상사에 파인 가슴의 상처도 손톱 밑 가시를 빼듯이 뽑아 버릴 수 있다면 마음이 치유될 텐데. 인간관계는 고리처럼 연결 되어 상대가 괴로우면 서로 심정이 편하지 않다. 그러니 말로 할퀸 상처가 가슴을 찌를 때는 허심탄회하게 대화하여 서로 꼬인 감정의 실타래를 풀면, 마음에 박힌 가시는 저절로 빠져

나오지 않을까.

-「손톱 밑 가시」

　　사람과 사람 사이에서 말로 인해 '손톱 밑 가시'처럼 가슴속에
파인 상처를 치유하는 가장 좋은 방법은 허심탄회하게 대화하는
것이다. 상대로 인해 내가 괴롭고, 그런 나로 인해 상대도 괴로운
상황에서 마음을 터놓고 이야기하다 보면 '서로 꼬인 감정의
실타래'도 저절로 풀리는 것이다. 박일천이 과거의 시간을 여행
하는 것은 상처를 극복하기 위해 반드시 한 번 거쳐야 할 통과의
례이다. 슬픔과 절망조차도 아름다운 추억으로 간직된 기억의
창고의 문을 열어보는 것, 기억 조각들을 모으고 다시 그것들을
조합하는 것은 심연에 가로놓인 트라우마를 치유하고, 미래의
삶의 의미를 깨닫게 한다.

3.

　　박일천 수필에 대한 전체적인 인상은 상당한 시간을 투자하여
공들여 쓴다는 느낌이다. "하루가 저무는 어스름이 한가로움을
데리고 마당으로 들어온다."(「바람 부는 언덕」)가 단적인 예이다.
의인화된 '어스름'의 능동적 움직임이 부각되면서 '한가로운

마당'의 모습이 적실한 표현의 묘妙를 얻고 있다. 아이들이 뛰놀고 동네 사람들이 드나들며 시끌벅적했던 마당이 황혼의 어스름으로 인해 한가롭고 고즈넉한 장소로 바뀌었다는 표현이 참신하고 구체적이다.

"숲길을 벗어나자 산등성이를 휘감던 운무는 아침 햇살에 사라지고 사방이 깨어난다."(「달궁에 빠지다」)도 유사한 예이다. 사방이 깨어난다는 역동적인 표현미는 그의 글에 속도감을 부여한다. 그 속도감은 단순히 빠르다는 의미가 아니라 그가 그려 내고자 하는 공간 - 장소를 단번에 독자의 뇌리에 떠오르게 한다는 뜻이다. "들녘의 메밀꽃은 하얗게 솜사탕을 풀어내고"(「시간은 지우개」)의 잡힐 듯 눈앞에 어른거리는 메밀꽃에서 독자는 작가가 표현한 사물의 형상을 마음속으로 즉각 환기한다. 하얗게 부풀어 오른 솜사탕의 시각적 이미지가 그것을 가능케 하는 요인이다.

솜사탕을 풀어내는 들녘의 풍경을 감각적으로 생동감 있게 그려낸 「시간은 지우개」처럼, 그의 글은 '직접 보고 느끼는 효과'가 극대화되어 있다. 일종의 '낯설게 하기'와 같은 이러한 표현 효과에 힘입어 박일천의 글이 활력을 얻게 된다. "벼가 치자 빛으로 물들어 간다."(「시간은 지우개」)에서 치자 빛과 물들어 간다는 문장 조합과 단어 선택도 눈여겨볼 대목이다. 들판의 벼가 노랗게 익어

가는 모습을 그는 치자 빛으로 물들어 간다고 표현했다. 치자 빛이 요즘 젊은이들에게 생소하게 느껴질지 모르지만, 이러한 문장 서술 기법을 뒷받침하는 언어 구사와 어휘 선택이 조화를 이루면서 박일천 글의 품격을 높인다.

> 남남이 만나 시어머니와 인연을 맺은 지 어언 삼십여 년. 색색의 사연이 층층으로 쌓여 무지개가 뜨기도 하고 먹구름이 몰려올 때도 있었다.
>
> -「시간은 지우개」

인간은 감각을 통해 세상을 경험하고 해석하는 경향이 있는데, 박일천은 감각적 터치로 그가 겪은 경험의 실상을 의미 있는 형태로 한순간에 조립하여 독자에게 제공한다. 그는 사람마다 각기 다른 경험의 형태를 뭉뚱그려 감각화하는 언어 기교가 남다르다. 남남으로 만나 삼십여 년을 고부 관계로 동고동락했던 사연이 얼마나 구구절절한가. 복잡다단한 그 세월의 애증을 그는 '색색의 사연'과 '무지개와 먹구름'이라는 두 어절로 요약하여 단순화한다. 간명하고 압축적인 이러한 언어 구사 방식이 상당수의 작품에 나온다. 너절하고 장황하게 서술할 부분을 산뜻하게 처리하는 글의 진행이 박일천 수필의 미덕으로 작용한다.

옷 만드는 곳에 다니던 언니는 늦은 밤 모래알처럼 물기 없는 얼굴로 들어와 한숨 자고 새벽에 나갔다. 그래도 묵묵히 일하여 생활비는 물론 그 시절 선망의 대상인 텔레비전까지 사서 즐거움을 집안에 들여놓았다. 삶의 굽이마다 언니는 나의 등대지기였다.

-「멍울」

물기 없는 얼굴로 늦은 밤 들어와 짧은 잠을 자고 새벽에 나가 생활비는 물론 그 시절 선망의 대상인 텔레비전까지 사 왔던 언니의 고달픈 삶의 단면이 「멍울」의 이 대목에 잘 형상화되어 있다. 깔끔하게 마무리한 문장이 '집안에 즐거움을 들여놓았다.'와 '나의 등대지기였다.'이다. 많은 언어를 동원하지 않고 그 상황-정황을 압축해 내는 작가의 솜씨가 돋보인다.

겨울을 견디고 봄을 불러낸 쑥을 샀다. 코끝에 스치는 쑥 향기로 금방 봄이 내 곁으로 왔다. 길가 다랑논에서는 경칩이 며칠 남았는데 벌써 개구리들이 '개굴개굴' 목청껏 울어댔다. 아무리 겨울이 길고 추워도 봄은 오고 있었다. 길섶을 보았다. 이름 모를 새싹들이 파릇파릇 고개를 내밀고, 양지 녘엔 어느덧 초록빛 담배나물이 너풀너풀 자랐다. …… 지금도 나물 캐던 어린 시절이 아련한 그리움으로 남아 시골집에 가면 가끔 논두렁 밭두렁에서 봄을 캔다. 쑥, 냉이, 달래를 바구니에 담으며 나물 캐는 계집애로

돌아간다. 봄볕에 돋아난 연둣빛 들풀처럼 순순한 아이 마음을
오래도록 가슴에 지니고 싶다.

　　　　　　　　　　　　　　　　　　　　　　－「연두빛 들풀처럼」

　'너풀너풀 자란 담배 나물'의 시각적 이미지가, 연둣빛 들풀의
사연을 상기시키면서 나물 캐는 계집애로 되돌아가 순수했던 그
시절의 마음을 지니고 싶다는 작품의 결말을 효과적으로 매듭
짓게 한다. 「아장사리」에서도 작가의 마음속 깊은 곳 - 무의식의
심연深淵에 가로놓인 기억을 되살리는 두레박이 등장한다.
"가슴속 깊은 우물에 잠겨 있던 아릿한 기억을 두레박에 떠서
비 갠 창가로 떠올린다."(「아장사리」)의 두레박이 그것이다. 두레
박은 박일천의 가물가물한 기억 속의 풍경들-작가의 깊은 내면에
묻혀 있던 추억들을 되살리는 도구 - 매개체이다. 무의식의 심연
속에 갇혀 있던 '어린 시절'을 퍼서 올리는 두레박을 통해 그는
깜깜한 어둠 속에 묻혀 있던 '자기 원형의 흐릿한 모습을' 재생
시켜 탐구한다.
　가물가물 아슴푸레한 회상을 바탕으로 그는 자신의 과거를 넘나
들며 '지금의 나의 원래 모습'을 복원한다. 이것이 그의 '인생을
새롭게 조명'하는 의미 있는 작업이다. 기억을 더듬어 살아온
생을 반추하며 '그 시절로 돌아가 울고 웃는' 그 순간 작가는 내면

깊숙이 똬리 튼 마음의 상처를 스스로 치유하는 놀라운 경험을 한다.

아스라한 옛일을 되새기다 보니 설움을 안으로 걸어 잠그고, 생을 온몸으로 이고 가신 어머니 생각에 우리는 전화 속 목소리가 잠겨 들어갔다. 초록이 곱게 단풍들지 못하고 갈잎으로 시든 어머니의 젊은 날. 모든 일을 홀로 감내하며 수많은 날을 외롭게 지낸 어머니를 생각하면 가슴이 저리다. 행여 갓난이처럼 홀연히 사라질까 봐, 두 딸을 지키려 궂은 일로 바람 부는 벌판에서 푸릇한 날을 다 보낸 어머니. 잔칫집 일을 보고 챙겨온 음식을 맛있게 먹는 딸을 보고 흐뭇해하던 어머니 얼굴이 선연히 떠오른다. 그 따스한 미소를 어디서 볼 수 있을까. 회상 속에서는 슬픔이 차오르는 시간마저도 아련한 그리움으로 남는다. 아마도 아슴푸레한 기억 속에 사랑하는 이가 다시 살아나기 때문이리라. 누군가 자신의 삶을 공유할 수 있는 사람이 있다는 것은, 인생 열차를 타고 가다 추억이라는 간이역에 멈춰서, 지난 시간을 잠시나마 현재에 머물게 하는 것이 아닐까.

―「아장사리」

번잡한 일상을 벗어나 추억이라는 간이역에 멈춰 자신을 돌아보는 '지금 여기'의 글쓰기가 '슬픔이 차오르는' 과거의 아픔을 아련한 그리움으로 바꿔 준다. 어린 시절 아버지가 먼 하늘나라로 여행을 떠났고, 그 이듬해 유복자로 태어난 남동생이 봉분도 없이 아버지 곁에 묻혔다. 과거에 아이가 일찍 죽으면 묘를 만드는 대신 작은 단지에 시신을 넣고 냇가나 강가의 모래톱에 묻기도 했는데, 그걸 '아장사리'라고 한다. 갓난아이 동생이 아장사리된 것이다.

청상과부 어머니는 우두커니 앉아 통곡의 눈물을 흘릴 여유가 없었다. 굶고 있는 두 딸의 현실이 너무 절박했기 때문이다. 고통스런 삶의 한가운데에 꼿꼿하게 서서 어머니는 설움을 삭이며 궂은일을 마다하지 않았다. 어머니의 그 모습이 박일천의 정신적 외상으로 가슴 깊이 새겨졌다. 그것이 일종의 트라우마의 원인이 되었을 것이다. 어린 시절 마음의 상처를 치유하는 문제와 직결된 「아장사리」와 더불어 「멍울」도 우리에게 암시하는 점이 많다.

도마 두드리는 소리가 들린다. 무 자르는 소리가 더운 날 함석 지붕에 소나기 떨어지듯 경쾌하다. 간 절인 통배추에 나박나박 자른 무를 섞고 쪽파와 마늘, 빨강 고추를 송송 썰어 담그는 백김치는 언제 먹어도 상큼하다. 언니는 우리 집에 오자마자 장을 봐서 밤이 이슥하도록 물김치를 담그고 있다. 빨강, 하양, 녹색이 어우러진 물김치처럼, 생의 굽이마다 각가지 색깔의 우여곡절을 가슴에 품고 살아온 언니를 생각하면 가슴이 저리다.

-「멍울」

일상의 무대인 이 세계는 다양한 감각들로 둘러싸여 있다. 기분을 바꿔 놓는 경쾌한 소리와 아름다운 색깔과 상큼한 냄새들이 그것이다. 어머니의 제삿날 작가는 감각적인 그것들을 호명하면서 자신의 과거를 재현한다. 이러한 대목에서 박일천 수필의 저력이 느껴진다.

> 흙탕물이 굽이치는 동안 말갛게 가라앉듯이, 이끼 낀 마음도 흐르는 세월에 닦여져 반딧불이가 먹는 이슬처럼 투명해질 수는 없을까. 비워진 가슴에 맑은 샘물이 고이면 사람들에게 좀 더 따뜻하게 다가갈 수 있으리. 반딧불이가 여느 풀벌레처럼 울지 않고 생의 마지막을 빛으로 밝히듯이, 내 삶의 끝자락도 환하게 사랑의 등불을 켜다가 스러졌으면.
> 반딧불이가 너울너울 포물선을 그리며 허공을 떠간다. 빛의 경계 너머에서 움츠리던 젊은 날의 꿈이, 깊어가는 내 생의 가을에 별이 되어 날아간다.
>
> —「울지 않는 반딧불이」

"현재가 찬란하다 해도 추억이 없는 사람은 행복하다고 볼 수"(「복사꽃 필 무렵」) 없다. 과거의 어느 순간을 떠올려 글로 재생하는 것은 자신만의 보물을 살며시 꺼내서 보는 즐거움에 비유된다. 바쁜 생활인으로 젊은 시절의 인생에서 발견하지 못했던 빛나는 추억들을 떠올리고 그것들을 글로 옮기는 작업이 '가슴 저리게 했던 멍울'을 해소해 준다. 그것은 과거의 허물을 벗어 버리고 새로운 나로 탈바꿈하는 내밀한 기쁨으로 확산되는 정신적 해방구의 역할을 한다.

내 영혼을 맑게 고양시키면서 무료한 일상의 정신적 허기를 달래는 놀라운 경험과 발견의 기쁨을 선사하는 것이 글을 쓰는 순간이다. 인생을 숙고하며 무엇인가를 쓴다는 그것이 '지금' 이 시간에 자신을 사랑하는 방법이고, '여기' 이곳의 삶을 스스로 행복하게 살아가는 것이다.

> 메주콩은 병아리처럼 노랗다. 생콩으로 있을 때는 비릿한 곡물에 불과하다. 그 콩이 메주가 되어 소금물이 담긴 항아리에서 긴 시간 숙성되면 전혀 다른 성질의 된장으로 변한다. 익어간다는 것은 제 모습을 탈바꿈하여 자신을 누군가에게 내어주는 것인지도 모른다.
>
> -「익어 간다는 것」

늙어 간다는 것은 인간으로서 피할 수 없는 자연 현상이다. 일반적으로 그것은 육체의 쇠퇴를 뜻한다. 그러나 정신만큼은 육체적인 것과 정비례하는 것이 아니다. 모든 것은 마음먹기에 달렸다. 불가의 고승들이 말한 일체 유심조一切 唯心造가 그것이다.

늙을수록 몸의 한계를 넘어서는 의지적인 마음가짐이 필요하다. 위의 작품에서 작가는 '늙어가는 삶이 아니라 익어가는 삶'을 살아가야 한다는 메시지를 우리에게 전한다.

육신은 삭아가도 영혼이 풍성해지는 삶을 콩의 발효 과정에 비유하면 구수한 된장이 되는 인생살이라 할 수 있다. 비릿한 생콩이 짓이겨져 항아리의 소금물에서 숙성되듯이, 우리의 인생도 시간의 경과를 통하여 자신을 숙성시켜 나가야 한다. 삶을 완숙시켜 가야 한다는 박일천의 의견에 공감하는 이유가 여기에 있다. 콩의 발효 과정에서 사람살이의 진실을 발견하는 작가의 성찰에 그의 글의 매력이 잠재해 있다. 이것이 자신의 생각 – 사상을 소재에 빗대어 인생살이의 중요한 측면과 결부시키는 작가의 역량이다.

4.

첫 수필집 『바다에 물든 태양』(2013)이 발간된 지 4년 여의 세월이 흘렀다. "말은 허공 속으로" 사라지지만 "글은 마음을 수놓은 영혼의 지문"(「책을 펴내며」, 『바다에 물든 태양』)으로 남는다며 펴낸 작품들은 생소한 이름의 수필가 작품치고는 상당한 수준이었다. 간결하면서도 정확한 문장, 소재를 취사선택하는 안목과 그것을 글감으로 활용하는 능력, 자신이 일상에서 경험한 일화逸話를 삽화처럼 처리하여 이야기를 전개해 나가는 솜씨, 결말의 산뜻한 처리 등 박일천 작가의 글쓰기가 세월의 나이테를 더해 가며 농익어 가는 느낌이다.

숙련된 글쓰기로 연둣빛 들풀의 추억을 펼쳐낸 작품집이 『달궁에 빠지다』(2017)이다. 그동안 그는 '토지문학제 운영위원회'에서 주관하는 '평사리 문학대상'(수필부문, 2016)을 수상했다. '인생의 가을'을 곱게 물들이기 위해 '메마른 땅에 묘목을 심고 가꾸는 일'에 비유되는 그의 문학 활동-글쓰기의 선택이 옳았음을 이 상이 증명하고 있다.

문인이라면 연령에 관계없이 누구나 자신을 닦달하면서 치열하게 글을 써야 한다는 작가로서의 책임 의식을 배반해서는 안 된다. 그러기 위해서는 '일상의 잔가지를 쳐내는 과감한 결단'이 필요하다. 박일천의 이번 작품집이 소중하게 다가오는 의미가 여기에 있다. '후반부 인생을 어떻게 이끌어 갈 것인가'는 100세 시대를 맞이한 우리 세대에게 중요한 화두이다. 박일천은 그것을 붙들고 '생명의 연장이 저주일 수도 있고, 축복일 수도 있는 갈림길'에서 후자의 길에 들어섰다.

하나님은 나이와 상관없이 풍요로운 미래를 발아시킬 씨앗을 인간의 마음속에 심어 놓았다. 그럼에도 대부분의 사람들은 나이를 의식하며 시기마다 발아시킬 씨앗의 존재를 망각하며 방황하고 망설인다. 박일천이 글 쓰는 여기 이 자리가 과거와 현재, 그리고 미래를 여행하면서 내 삶의 존재를 확인하는 씨앗 뿌리는 행위에 해당한다. 그가 보여주었듯이, 인생의 푸른 날은 지금 여기의 이 순간이다. 자신을 갱신하여 새로운 나를 가꾸어 나가는 그의 작업이 젊은 날의 아쉬움을 무늬로 삼아 비단처럼 직조되기를 바란다.

세상이 바라는 나가 아니라 내가 원하는 나답게 살고자 하는 고민 속에서 깊이를 더해 가는 그의 글이 인생을 사색하는 넓이를 확보한다면 더 많은 독자에게 읽는 즐거움을 선사할 것이다. "잃어버린 지난날"을 되찾아 밋밋한 일상에 윤기를 더해 주는 그의 "한 줄기 시원한 솔바람"(『책머리에』) 같은 두 번째 수필집 발간을 축하한다. 북풍한설의 낙락장송이 푸름을 잃지 않고 추위를 견디듯이, 어떤 여건에서도 그의 글쓰기가 연푸른 초록의 빛깔을 잃지 않으면서 왕성하게 펼쳐지기를 기대한다.

박일천 수필집
달궁에 빠지다

인쇄 2017년 9월 25일
발행 2017년 9월 29일

지은이 박일천
발행인 서정환
펴낸곳 수필과비평사
주소 서울시 종로구 삼일대로 32길 36(익선동 30-6 운현신화타워 빌딩) 305호
전화 (02) 3675-3885, (063) 275-4000 · 0484
팩스 (063) 274-3131
이메일 sina321@hanmail.net   essay321@hanmail.net
출판등록 제300-2013-133호
인쇄 · 제본 신아출판사

ISBN 979-11-5933-118-3 03810

값 13,000원

이 도서의 국립중앙도서관 출판예정도서목록(CIP)은 서지정보유통지원시스템 홈페이지
(http://seoji.nl.go.kr)와 국가자료공동목록시스템(http://www.nl.go.kr/kolisnet)
에서 이용하실 수 있습니다.(CIP제어번호: CIP2017025428)

Printed in KOREA